双葉文庫

時給三〇〇円の死神

藤まる

contents

プロローグ

人生の中で少しだけ不思議な時間を過ごしたことがある。
雪の降りしきる中。白く儚く失われた世界にて。
虚ろな彼に、俺はそう語りかけた。
これは、俺が死神のアルバイトをしていた時のお話だ。
このアルバイトは最悪と言っていい。
残業代は出ない。
交通費も出ない。
早朝でも平気で呼び出される。
そのくせ、勤務内容は幽霊のような《死者》をあの世に送るという常識外れのもの。
何より時給が300円。
300円である。
呆れを通り越して笑いがこみあげてくるほどだ。
本当にろくでもない仕事だと自分でも思う。
「だけど、だ」

そう。
だけど。
「それでもキミにこの仕事を勧めたい」
墓標のように佇む彼に、俺は命を吹き込んでゆく。
このアルバイトは最悪だった。
でも、同時にかけがえのない何かを手にすることも出来たんだ。
俺の前から消えていった、たくさんの人々。
誰もがみな、煌《きらめ》く希望をくれたんだ。
「知っておいて欲しいんだ。この世界にすてきな人たちがいたことを」
きっともう、誰にも紡がれることのない物語。
降り注ぎ、消えゆく雪のような物語。
それを今、キミに伝えよう。
雪の中、俺は記憶の一ページをはらりとめくった。

一章　死神のアルバイトはじめました

「それじゃあキミを死神として採用するね」

「は？」

　玄関の扉を開けた先にて開口一番、花森雪希《はなもりゆき》はそう告げた。

　クラスメートとはいえ、ろくに会話をしたことがない少女にこう言われて「はいそうですか」と応じる奴が果たしてこの世界にいるのだろうか。少なくともここにはいない。いてたまるか。

　だけどこんなことを言われる心当たりは一応あった。

　思い出すのは昨日のこと。

　雨音の記憶を呼び起こす。


　昨日の俺は、ひとことで言うなら「これからどうすればいいんだろうか」と、そんな感じで雨にうたれていた。

　あまりにも唐突に降りかかる、得体の知れない不安と恐怖。

　灰色のビルの群れ。暗い傘の淀み切った渦。

雨の罵声。人のうねり。

どれが原因なのかは知らないが。

とにかく俺は雨の横断歩道を前に、借金まみれの人生に嫌気がさしていたのだ。

六月の雨は鉛のように重かった。

「おや、随分と人生が生き詰まっていらっしゃる」

「え――」

そんな俺の前に、そいつはふらりと現れた。

真っ白な傘に真っ白なカーディガン。やけに白い顔は不気味に笑っている。

まるで最初からそこにいたとでも言わんばかりに、その男はこちらを見つめていた。

嫌な予感がする。

果たして俺の勘は当たっていたのだろうか。

「おたすけしましょうか。あなたにぴったりの仕事があるんですよ」

「仕事？」

横断歩道の向こう側で、男はそう告げる。届くはずのない声は、不思議と俺の内側から聞こえてきた。心臓を掴まれたようでぞくっとする。

それに対し、俺はなんと応えたのだろうか。

いやにくっきり響くその声は、ひょうひょうと俺に手を振るのだ。

「近い内に人を行かせますよ。それではごきげんよう」

次の瞬間。もうそこに男はいなかった。

雨に溶けるよう。人ごみに混ざるよう。

最後まで笑顔を絶やさなかったその影は、あっさりと雨の向こう側へと消えていった。

残された俺は立ち尽くす。いつの間にか灰色の恐怖は消えていた。

これが、非日常とのなんだかよくわからん邂逅《かいこう》だった。


「それでは、お邪魔しまっす！」

「おい、ちょっと」

そして翌日。

時刻は午後五時。半端な曇り空の夕刻前。

俺は、昨日の出会いが夢ではなかったと思い知る。

「待てって。何で勝手にあがりこんでるんだ」

「へぇー。結構汚い家に住んでるんだね」

「言っとくけどしっかり傷ついたからな」

中々に無礼なことを言う花森さんは、何食わぬ顔でちゃぶ台の前に座り込む。

艶《つや》やかな髪は眩《まばゆ》い木漏れ日のよう。

整った顔は澄み切った水面を思わせる。

そのうえいつも笑顔の天真爛漫《てんしんらんまん》な性格ゆえに、とにかく皆の評判がいい。クラスの中心で常に友達を笑わせており、今風のファッションやスカートの短さも含めて男子から大人気というのが彼女に対する印象だ。

長いまつ毛に彩られた眼差しが宝石のごとく俺を貫く。グリーン系の香りが心臓をくすぐる。学校帰りにそのまま来たのだろうか。制服の袖口からちらりと覗く白い身体に、ほんの少し高揚を感じたのは嘘じゃない、が。

先に言っておこう。

そんな感情は一瞬にして霧散するのだ。

「早速説明するね。私は《死神》と呼ばれる組織で仕事してるの。キミも働きたいって聞いたから、説明するよう言われて来たんだ。まず私たちの仕事なんだけど、未練を残したままこの世に残り続ける《死者》をあの世に送ってあげるのが目的なの。それに伴い人々を『幸せ』で満たし、さらには社会を、果ては世界を、『幸せ』にすることを理念としてるのだよ。『幸せ』こそ人類の生きる希望！　『幸せ』こそ尊い希望の光！　それを体現するのが私たちの――」

などなど。

その後も「幸せがどうの」「幸福がこうの」といううすさまじく心に響かない幸せトーク

が繰り広げられる。当然、そんなものを前に抱く感想なんてひとつしかない。

(ああ、これは絶対やばいやつだ)

いやだって考えてみろよ。

借金まみれで卒業すら危うくなっている高校生の元に、やたらうさんくさい男が現れたかと思えば、翌日には教えてもいない自宅に美人のクラスメートがやってくる。そして放たれるはマシンガン幸せ講座。これはもうあれだ。絶対「それはさておきこの壺なんだけど、なんとたった20万円で幸せを運んでくれるらしいよ」とくるパターンだろう。アパートの周りをグラサン軍団が取り囲んでいればなおパーフェクトだ。

教室で見るのと変わらぬ能天気さで幸せ講義を乱射する彼女に、警戒心を抱いたのは当然のはずだ。まさか同級生が怪しい宗教の片棒を担いでいたとは。

そんな思いは顔にでも出ていたのだろうか。

「ふっふっふ。佐倉《さくら》くん、私のことヤバい女だと思ってるな」

「いやべつに」

「それで隠したつもりかい? 顔に出すぎだぞ」

出ていたらしい。そいつは失礼したな。

そんな俺に気を悪くするでもなく、花森さんは「気持ちはわかるよ。最初は私もそうだったもの」とけらけら笑いながら意外なものを出してくる。

ある意味、壺や絵画の方がマシだったかもしれない。

「それじゃあ署名とハンコを、この書類にお願いね」

「書類？」

「うん。キミを雇用するうえでの契約書だよ」

契約書。契約書ときたか。

「この書類に捺印することで、その瞬間から佐倉くんは死神のアルバイトとして採用されるの。期間は半年。勤務地はこの町の近辺。私が先輩としてＯＪＴの形で指導するからよろしく！　あ、ちなみにお給料は一日ごとの前払いだよ。何か質問はある？」

「死神のアルバイト」

復唱しながら、戸惑っていた。

わかっている。こんな怪しい書類にサインなどしてはいけないことを。

きっと小さい文字で「二十万の壺を購入」という罠が仕掛けられていることも。

だけどこの時、俺は「アルバイト」「採用」という文字に大きく心揺れ動かされていた。

「質問していいか」

「うん、どうぞ」

「その死神のアルバイトとやらの時給はいくらなんだ」

「３００円だよ」

「バカなのか？」

思わず放たれた暴言に、花森さんは「いい反応だね佐倉くん。キミ面白いぞ」と返してくるが、いやいや何が面白いんだ。３００円て。だいぶ笑いごとじゃないぞ。

この時点で既に心が折れてもいいとこだったが、念のために質問を続ける。

そして、するんじゃなかったと思った質問集がこちらである。

「ええと、勤務時間はどうなってるんだ」

「学生の場合は一日四時間。勤務時間なんてあってないようなものだけどね」

「？　残業があるのか？」

「うん、日によっては早出も残業もあるよ」

「残業代は？」

「でないよ」

「は？」

「残業代はないって言ったの」

「一円も？」

「うん。ついでに言うとシフトも選べないよ」

「……っ」

「選べないの」

「…………」

「…………」

「交通費は」

「ないよ」

「福利厚生は」

「ないよ」

「ボーナス」

「ないに決まってる」

「有きゅ」

「ない」

「アフリカで一番面積の大きな国」

「ナイジェリア！」

引っかかったな。答えはアルジェリアだ。

なんてくだらんクイズをしてる場合じゃねえから。いや……えええ。

テレビで報道されるブラック企業が真っ白に見えてくる劣悪条件。これぞ本物のブラック企業と言えるだろう。さすが自称死神。日本の悪しき社長なんて目じゃないな。

採用する気ゼロだろうという花森さんを前に、なんだか逆に笑えてきた。この条件でアルバイトを希望する奴がいるのかよという意味を含めてだ。

そんな俺に、さらに心揺れ動かない条件を提示するのだからたいしたものだ。

「あ、でもね。条件は最悪なんだけど、一応最後まで勤め上げれば、どんな願いもひとつだけ叶える《希望》を申請できるの。それだけ覚えておいて欲しいかな」

「はぁ」

付け加えられた話に、はぁと答える。

いやもう本当に、はぁ、としか言いようがない。なんだ急に希望って。

死神だの300円だのでいっぱいいっぱいの頭に、そんなさぞ素敵なものみたいに紹介されても、どう反応すればいいのかマジでわからん。

「ふふふー。そろそろ私の頭がヤバすぎって思う頃でしょ」

「思ってないって」

「んんー？　ホントかなぁ？」

といった具合に、終始あやふやな時間が無駄に過ぎ。

ここまでのやりとりでもう話すことがなくなったのだろうか。花森さんは「それより昨日のお笑い番組が」「昨今の芸人は昔に比べて」「私だったらあそこでパンツ一丁に」などという、本気でどうでもいい雑談を始めた。パンツ一丁て。

そして「信じる信じないはキミ次第だよ。私から言えるのはそれだけだね」「じゃ、そろそろ帰るよ。明日も同じ時間に来るから。また来週！」と言い残し、嵐のように去って行った。その背中を見送り、明日なのか来週なのかどっちなんだとため息を吐きながら、契約書とやらに目を落とす。

普通なら破って捨てるところだろう。

一応言っておくが、どんな願いも叶えるなんていう妄言を信じたわけじゃない。どうせこんなブラックバイトを半年間も勤め上げたあなたには、今後どんな苦難をも乗り越えられるポジティブハートすなわち希望が備わったでしょうとかいうアホなオチに決まっているのだから。そんなものに心揺れ動かされているわけではない。ましてや怪しい宗教を信じるわけでも、美人のクラスメートに惑わされたわけでもない。

ただ、即採用。前払い。

これだけが、気を引いて止まない。

「死神のアルバイトねぇ」

誰もいない部屋で、ぽつりとひとりごちた。

俺の生まれ育ったこの町は、寂れているかと言われればそんなことはないが、かといって栄えているのかと問われると、何とも返答に困る中都市であった。

そんな町の国道を北に十分ほど。無駄に高い山の上に建てられた高校が、俺の通う県立高である。六月下旬の蒸し暑いこの季節には大変苦しい立地であり、高い所にあるんだから風が涼しくていいじゃないかという人がたまにいるが、その分太陽が近いので普通に暑い。鬱陶《うっとう》しい太陽は夏の入り口を教えてくれる。

そんな中で行われる眠たさ最高潮の世界史の授業中に、ふと物思いに耽《ふけ》る。

昨日、花森さんより奇妙な話を聞かされたせいか、関係ないのか。

思い出すのは、ちょっとした昔話だ。

(何でこうなったんだろうな、俺の人生は)

ため息と共にそうぼやく。

今でこそこんなやる気にかけたダメダメな俺だが、昔からこうだったかというとそういうわけでもない。むしろ子供の頃はそれなりに将来を期待された少年だったのだ。

小学生の頃。

俺はとにかく足が速く、それを活かしサッカー部にて中々の活躍を見せていた。

学校なんて勉強するところと言いつつ、運動のできる奴が持て囃《はや》される場所でもある。

当時の俺はクラスの中心となり、十分に幸せと呼べる日々を享受していた。

さらに自分で言うのもなんだが女子にも人気だった。中学生の時には部活のマネージャーをしていた子と付き合ってもいた。家もそこそこ近かったので、一緒に登下校なんかもした。将来結婚できたら最高だと思っていた。そんなのんき気なことを考えられる程度には、自信に溢れていたと思う。実際自惚れではなかったはずだ。彼女も俺のことはそれなりに想っていただろうから。

幸せになれると思っていた。疑いの余地もなかった。

だけど、俺の人生は実質ここまでだった。

十五にして思い知る。幸せというものは、失って初めて気づくのだと。

中学三年の時。とある理由で足を怪我して走れなくなったのが運の尽きだ。

そこから始まる不幸の大連鎖。まあくだらん話なのではしょるが、今から一年ほど前に会社を経営していた父親が馬鹿な事件を起こして逮捕され、信用を失った会社は倒産。両親は離婚。母親は実家に帰還。残されたのは死んだ顔で細々と仕事をする親父と、膨大な借金。一気に俺の人生は昼飯の節約を心掛けるレベルに傾いた。

ゆえにだろうか。

「契約書、か」

誰にも聞こえないよう小さくぼやく。

俺の親父が平凡な男だったのならよかったのだろう。だけど会社を興す前は政治家だったこともあって、そこそこ名が通っていたがゆえに、息子の俺が食らうダメージは深刻だった。リスクを嫌う経営者たちは、軒並み俺をバイト採用から遠ざけたのだ。

怪我した足のせいで力仕事が軒並みアウトなのも痛かった。

あらゆるものを売りまくって資金を稼ぐも、蓄えは減り続ける。大学はとっくにあきらめているが、せめて高校だけでもと電卓を叩く日々。その状況で——俺にはどうしても、まとまった金が必要だった。いや、どうしてもというわけではない。ないならないであきらめがつく。だけど、俺の中の何かに区切りをつけるために、金が必要だったのだ。

十万もいらない。

せめて五万だけでも稼げるなら。

理由を聞けば多くの人が「そんなことのために？」と言うだろうが、それでも五万を求める理由が個人的にあったのだ。

どう考えても怪しい宗教だ。幸せを連呼する奴にろくなのはいない。しかもなんで死神なんだ。幸せと正反対だろう。しかしどれだけインチキ宗教でも、ほんの少しでも稼げるなら。自分の良識をおさえこもうと必死になる。

花森さんというクラスメートに誘われたのも影響しているかもしれない。一応知り合いがいるのは心強い。それに親父が逮捕されて以降、同級生と大きく距離が出来ていたところに話しかけてもらえたのが実は少し嬉しかった。

その日の休み時間。ふと、クラスメートの朝月静香《あさつきしずか》と目が合う。

黒髪を揺らしながら彼女はこっそり手を振ってくれる。一瞬、どきりとする俺は、誰にも見つからないよう微かに手をあげる。彼女は優しいはにかみで応えてくれた。俺の心の忘れていた部分がちくりと痛む。

子供の頃、自分が成功すると信じて疑わなかった。

自分は特別だと信じていた。その思いは、一応的中したと言えるのだろう。

俺は特別だった。

特別に、ろくでもない人生を歩んでいる。

窓の外の空を見上げ、ポケットから契約書を取り出す。念のためにもう一度罠が仕掛けられていないかを確認し、綺麗に畳んで再びしまう。

すぐに破り捨てなかった時点で答えは出ていたのかもしれない。必要なのは、その判断が間違っていないと自分に言い聞かせるための時間なのだから。

それらを「考える」という言葉に置き換えているだけなのだと思った。

結局、俺は契約書にサインしていた。

学校から帰った午後五時頃。郵便受けを漁り、そこに何もないことに嘆息して。アパートに「暑いよー。どれくらい暑いかというと琵琶湖がなくなった時くらい暑いよー」と胸元をぱたつかせながらやって来た花森に契約書を手渡した。いつ琵琶湖はなくなったんだ。

ちなみに花森さんという呼び方は「お、今胸元見たなぁ。佐倉くんのえっち」と言われた瞬間に二度と使わないと誓った。

何度も言うが、死神なんて信じたわけじゃない。ましてやどんな願いもというフレーズを信じたわけでもない。この際稼げるならなんでもよかった。いざとなれば即やめればいいという考えもあったと思う。

「はい1200円。でも胸元見たから1150円ね」

「安いな。思わず払いそうになるわ」

冗談はさておき、握らされた初任給は1200円だ。早速本日からスタートとのことだ。そこに驚きはない。それよりきちんと支払われたことに安堵する。

同時に、いよいよ変なバイトに首を突っ込んだ事実に少しの不安を抱いていた。

さあて高校生二人で一体何の仕事をさせられるのか。


そんなこんなで家を出て、ただいま移動中。どうやら職場は歩いて行ける距離らしい。

ぶらぶら歩く俺の隣で、花森は「昨日の晩御飯が天ぷらだったんだけどさ。天ぷらのぷらって何だろ。プラスチック?」などと、全然どうでもいい話をしている。残念ながら本当に興味がないので「そうかもな」とだけ相槌を打ち続けた。

花森雪希。

あらためて紹介するなら、やはり男女問わずの人気者のひとことに尽きる。

高校で初めて知った女の子。二年で同じクラスになる。イケてるリア充グループ所属。教室で浮いてる俺にとって手の届かない高嶺《たかね》の花。男子が「今日は透けブラしているか否か」議論をしていたのを聞いたことがある程度だ。

いつも笑顔でユーモア抜群で何よりかわいい。今日も教室で輪の中心となり、楽しそうに皆を笑わせていた。昨日のあれは何だったのかと思えるほどいつも通りに。予想通りだが、俺に声をかけてくることもなかった。かけられても困るけど。

それはさておき、実は俺は会話をしたこともないのにこの女が苦手だったりする。何でと言われても困る。失礼な話だと自分で思う。

でもなんとなく、こういうまっすぐに目を見てくる女を見ていると、裏があるように思えてしまうのだ。母さんとの思い出が影響しているのだろうか。

実際、裏はあったとみるべきだろう。こんな変なアルバイトを勧めてくるのだから。

それにもうひとつ。

「ねぇねぇ佐倉くん」

「ん？」

「佐倉くんって私のこと好き？」

「なんだよ急に」

「ふふふ。花森さんともなれば、クラス中の男子を虜《とりこ》にするのもわけないのだよ」

自分で自分をモテるという奴にロクなのはいない。

ソースは俺の勘。

「嫌いじゃないけど、べつに特別好きとかじゃねぇよ」

「んーそっか。やっぱり朝月さんのことが好きなんだ」

「ああ……あああ⁉」

「うしし。叫びすぎ。バレてないと思ってた？」

「いや、おま──」

唐突に大ピンチ。

慌てふためき必死に言い訳する。

「何言ってんだ。べつに朝月なんて」

「大人しいとこが好きなの？」

「いやいや好きとかじゃないって」

「足が綺麗だから？」

「違うって。そうじゃなくて」

「そうだよね。違うよね」

「そうだ。べつに俺はそんな」

「おっぱい大きいからだよね」

「それ絶対朝月に言うなよ。マジでやめろよ」

自分の胸に両手をあてがいながら、にやにやする花森に思わず赤らんでしまう。面食らう俺はなんだなんだ。おまえ、男子相手にもそういうこと言えるタイプなのか。

自分でもわかるほどに顔を熱くしていた。

そんな俺を見て「あはは」と彼女は軽快に笑う。

その笑顔は初夏の太陽に反射して眩しかった。

「で、あらためて訊《き》くけど私のことは好き？」

「嫌いだ」

「かわいいのに？」

「嫌い」

「スカート短いのに？」

「嫌い」

「ドラクエのゲレゲレといえば？」

「キラーパンサー」

「佐倉くんてビアンカとフローラどっち派？」

「どっちかというとフローラ」

「朝月さんてフローラに似てるよね」

「その話はやめろってのに」

荒ぶる俺を、また花森は「あはは」と笑う。負けた気になる。ちくしょう。

そして「よかった。嫌いなんだね。一応確認しておきたくって」と笑顔で付け加えられる。どういう意味だろうか。気になったけど、もう面倒だったので流しておいた。なんなんだこの緩い空気は。さすが時給300円。適当すぎる。

といった具合に、なんだかムキになっているだけの移動時間が過ぎていった。

おかげで花森に訊《き》こうと思っていた「どうしておまえはこんなバイトをやってるんだ」という質問を忘れてしまっていた。後に振り返るなら、その質問はきちんとしておくべきだった。そうすれば、このバイトについてもっと深く理解出来ていただろうから。

だってまさか思わないだろう。この後始まる時給300円のアルバイト。

その正体が、本当に死神のアルバイトだなんて。

この時は、微塵《みじん》も思わなかったのだ。

「佐倉くん？」

「え、あ、おう」

目的地に着いた瞬間、天を仰ぎ花森を薄く睨《にら》みつける。

それには、どういうつもりだという意味がこめられている。

「おいっす朝月さん。紹介するね。こちらバイト仲間の巨乳大好き佐倉くん」

「おまえほんとそれやめろって」

「え。きょ、え？」

「朝月。何も訊かないでくれ。特に意味はないから」

着いた場所は、俺の家から二十分ほど。なんとクラスメートの朝月静香の家だった。

制服から着替えたのだろう。玄関で出迎えてくれた彼女は、涼しげな私服姿だった。

そんな彼女の前で、ぽかんとする俺たちをそのままに花森は語りだす。

「それじゃあ佐倉くん。早速バイト始めよっか。記念すべき最初の仕事は、ずばり朝月さんの悩みを解決することだぞ。準備ＯＫかな？」

「は」「え」

は？　が俺で、え？　が朝月だ。予想外の展開に面食らう。

いや待て待て。割と本気で意味わからん。何でいきなりこうなった。

（どういうことだ）

朝月の悩みを解決する。それが死神のバイト？　えええ。

朝月も同じ感想を抱いているようだ。いきなり現れた俺たちを前に、明らかに困った顔となっている。そりゃそうだ。普段教室で関わらないクラスメートがやってきたかと思えば、悩みを解決してあげるとか言い出すんだから。結構意味わからんだろう。

慌てた俺は必死に言い訳を考える。

ごめんな、いきなり来てわけのわからんことを言って。

すぐに帰るから。こいつさっきから熱射病なんだ。

同時に、やっぱりこんなわけのわからんバイトなんて引き受けるんじゃなかった。これはもうバイトじゃなくて花森の意味不明なお遊びなんだ、などと考えてしまう。

だけど、事態は予想外の方向に動く。

「そっか。そういうことか」

「ん？」

どうしたことか。朝月はそう呟き、何かを納得したような顔になるのだ。「佐倉くんは、まだ知らないんだね」と、これまた小声で囁《ささや》きながら花森に目配せして、微かに頷く。なんだ。今のは一体どういう意味だろう。その意味を知るのは、もう少し後になる。

「ごめんね佐倉くん。いきなり来てもらって。それじゃあ、あらためてお願いします。佐倉くん、花森さん。私、困ってることがあるの。たすけてもらえないかな」

「え、あ、ああ」

真剣な朝月と、困惑中の俺。そんな二人を花森はにこにこしながら見守っている。

いまいち状況を理解できない俺をよそに、朝月はさらに告げる。

悲壮をこめた透き通った声で。

「私、どうしても感謝を伝えたい人がいるの。お願い。手伝って」

朝月の悩みというのは、実にシンプルで複雑なものだった。

「花森さんにはこないだも説明したけど」

「実は四つ下に妹がいてね。小児系の病気で、体調が良くないの。ここのところずっと」

1型糖尿病。

朝月は病名をそう紹介した。

「命に別状があるとかじゃないよ。そこまでじゃないの。ちゃんとインスリンの注射をすればいいわけで。でも、今は病院暮らしで、吐き気とか毎日続けば嫌になるじゃない。だからずっとふて腐れちゃって。もう誰とも口きかなくなってるの」

「そんなあの子に何かしてあげたいの。お願いできるかな」

両親は働きに出ているのだろうか。

誰もいない家にあげられ、朝月の部屋に通され、そんな話を聞かされる。

当然驚いた。知らなかった。朝月にそんな家庭の事情があったなんて。朝月とは小学校が別だったから、年の離れた妹の存在に触れることがなかったのだろう。

とはいえこの手の話はそこまで珍しいわけでもない。クラスメートの兄貴が病気で入院してるとか、そういった話は以前にも聞いたことがある。どの家にもあまり表に出さない話はそれなりにあるだろう。

ただ、そんなことよりも、いやそんなこととか言ったら失礼だけど、どうしても先に確認すべき事項があった。

朝月が「飲み物持ってくるね」と席を立った瞬間を狙い、花森を問い詰める。

「おい、どういうことだ」

「ん？ どしたの」

「どうしたじゃねーよ」

一通りガトリングのように質問攻めした。

どういうことだ。これのどこが死神のアルバイトなんだ。いやもうこの際死神とかどうでもいい。それよりも。

これはつまり朝月の悩みを解決することで、朝月から金を貰うってことなのか。会社とかそういうものではなく、おまえが趣味でやってることなのか。その へん朝月はちゃんとわかってるのか。わかったうえで悩み相談とかしているんだろうな。その前におまえと朝月は友達だったのか。教室で話してるとこ見たことないぞ。さっきから微妙に顔の距離を近づけてくるんじゃない。ふざけてる場合じゃないから。やめろ、べつに赤くなんてなってない。一回マジでちゃんと説明してくれ。そういった質問を一気に浴びせてやった。

そんな質問ラッシュに返ってきたのは、予想通りというかなんというか。

ハッキリ言って期待外れなものだ。

「大丈夫大丈夫。今は気にせず朝月さんの力になってあげて。すぐにわかるよ。このバイトがどういうものなのか」

付け加えるように「それに好きなんでしょ、朝月さんのこと。だったらいいとこ見せるチャンスだぞ。にしし」とニヤけた笑顔で言われる。うるさい。声がでけぇよ。朝月に聞こえたらどうするんだ。妹のことを知ってた辺り、朝月とはそれなりに話す仲なんだろう。ということは俺と朝月の関係もそれとなく知ってるんだろうけど、余計なちゃちゃはいれないでくれ。俺たちの関係は複雑なことになってるんだから。

などと思っているところで朝月がお盆を手に戻ってきたので、頭を切り替える。

くそ。全く意味わからんし、納得がいかないけれど、こんな話を聞かされた手前、帰るわけにもいかない。それはつまり、朝月の悩みに付き合わなければということだ。

正直厄介だという思いはあったし、朝月の妹のためにそこまで頑張れるほど立派な男でもなかったが。それでも朝月のためならという思いはあった。ゆえに頭を切り替えられたのだろう。

結局、俺は今でも朝月への未練が捨てきれないのだ。

「ええと、それで朝月はどうしたいんだ。感謝を伝えたいって言ってたけど」

「えとね、自分でもはっきりしてなくて申し訳ないんだけど、とにかく詩織《しおり》——あ、妹の名前ね。詩織にいつもありがとうって伝えたいの。あんまりちゃんとお姉ちゃんできなかったけど、それもできれば謝りたい、かな」

「ふむ」

うつむき気味な彼女の台詞に、何とも言えない声を漏らす。なんだよそれ。まるで、もう妹と話すのが最後みたいじゃないか。朝月に小さな違和感を抱く。

命に別状はないと言っていたのは朝月自身だ。なのにどうして。俺たちを心配させまいとする嘘なのだろうか。

死神のアルバイトという単語が脳に響く。

死神なんて空想上の存在だ。でも不吉なイメージは拭い去れない。くそ、花森は何をもって死神なんて言い出したんだ。得体の知れぬ不安に潰されそうになる。

だけど今はそんなことを考えている場合でもない。考えてもわからないし、どうせ花森は何も答えてくれないだろう。さっきからにこにことストローを咥えるのみなのだから。

だったら、俺にできることは朝月の顔を少しでも明るくすることだけだ。一応、バイト代も前払いで貰ってるしな。

「じゃあ、ありきたりだけど何かプレゼントを贈るってのはどうだ。そうやって機嫌とった隙に感謝なりを伝えるとか」

「ほほう。佐倉くんは女の子にプレゼントを贈るタイプなんだ。ぶふっ」

「花森。なぜそこで噴き出した」

「うん、そうだね。プレゼントかぁ。欲しいものは一応わかってるんだけど」

「なんだ。じゃあ話は早いじゃないか」

朝月が言うには、妹ちゃんの二番目に欲しいものは流行《はや》りのバッグとのことだ。女の子らしいと言えば女の子らしい。俺には何がいいのかさっぱりわからんが。

ただ、そうじゃなくて。

「一番は？」

「一番はいいの。無理ってわかってるから」

「それは健康な体とかそういうこと？」

「ふふ。そういうんじゃないよ。私は病人じゃないからわからないけど、本気でそう考える人って少ないんじゃないかな。病気の人にとっては、その身体が普通みたいだから」

失言だったようだ。反省する。

花森が「んもう」と笑いながら茶化してきたのがイラッときた。

「あの子の欲しいものはそういうのじゃなくて、なんていうのかな。いつでも手に入るんだけど、気づかないもの、かな。えへへ、意味わかんないよね。まあ気にしないで」

当然気になるが、その苦笑いを見れば気にするわけにもいかなかった。なのでそれ以上質問することはやめておいた。

といった具合に、その後も俺たちはいくつか意見を交わし続けた。何かうまく姉妹の仲をとりもてる方法はないか。それらを探して。でも結局、そんなアイディアが簡単に出てくるわけもなく、時間だけが過ぎていった。

最終的には最初に言った「プレゼントついでに話してみる」しかなかった。

朝月がそれでやってみようと言ったので、そこが結論となった。

「今日はもう遅いから明日プレゼント買いに行くね。土曜日で学校休みだし。その後病院に行くんだけど、その、ついてきてもらってもいいかな。心細くて」

「もっちろん。よろしくね、朝月さん」

「ああ」

無論、俺も花森も断る理由はなかった。

俺たちは約束を交わし、もう遅いので帰ることにした。

「初日はなかなかいい感じだったよ。明日も頑張ろうぞ、佐倉隊員！」

家を出た瞬間に、こちらの挨拶などシャットアウトする勢いで花森はそう告げ、いたずらな笑顔のままに去って行った。

女の子ひとりで夜道はと思ったが、そんな暇もなく。角を越えた先には、もうその姿は見えなかった。どうやら足の速い奴らしい。確か運動神経はいいんだっけ。走れるのがうらやましいなと呟いてみた。ただのいちゃもんである。

「それじゃあ佐倉くん。またね」

「おう。またな」

別れ際の「またね」は昔から変わらない朝月の口癖だ。手の振り方も変わらない。

教室で行う、他人の目を気にした振る舞いではない。彼女らしい、控えめながら優しいさよなら。この小さな動作が凄く好きだ。朝月のいじらしさがよく出ている。

正直に言うと、名残惜しかった。だが、さすがに夜になるのに女の子の部屋で二人きりになりたいと言う勇気はなかった。話したいことも山ほどあったが、それもやめておいた。きっと朝月の迷惑になるだろうと思って。

「また、あした」

「うん、またあした」

夜道をひとり歩きながら、上機嫌であることに気づいた。

バイトのことではない。お金のことでもない。バイトのことや花森については全くわからないままだったが、この際どうでもよかった。

朝月と久しぶりにたくさん話せた。それだけが俺を高揚させた。

浮かれていた。否定できない。人は浮かれるとすぐに油断する。きっと明日もいい一日になると勘違いする。いいことがあった日には、それをきっかけにこれからの人生もよくなるのだと思いあがってしまう。

そんな根拠はどこにもないのに。


はっきり言おう。

アルバイト二日目は、まったくもってろくでもない一日になった。

思い出したくもない一日だ。流して話そう。

お昼過ぎに花森が俺の家に来た。朝月の家に行く前に、給料を前払いするためらしい。

土曜も出勤というのは覚悟していたが、渡された1200円を見て、特に時間外手当や土日の割増しがないことにため息が出た。朝月のためだと自分を宥《なだ》める。

その後、俺たちはデパートへ向かった。朝月と合流するためだ。

妹さんのための買い物をした。女二人がきゃいきゃいと楽しそうにしていた。俺は、ほったらかしだった。不思議と心地よかった。待たされるのも気にならなかった。

ここまではよかった。

逆に言えばここまでだった。

病院へ行った。バスで三十分ほどだ。交通費のせいでいきなり1200円が860円になった。帰りのことが不安になった。直後、それどころではない事件が起こる。

四人部屋の病室の前に来た。女の子ということで俺は中に入らず、離れた廊下で待つことにした。引き戸が閉められた。帰りのバス賃の計算をしていた。

声が聞こえた。明らかによくない声が。

まごついた。どうすればいいのかわからなくて、右往左往してしまった。この選択を、後に大きく後悔することとなる。

結局、俺が何かする前に朝月と花森が出てきた。扉を閉める間際、酷い叫び声が聞こえた。朝月が無理に笑っていたのが記憶にこびりつく。見るんじゃなかった。

「佐倉くん。行こっか」

「ああ」

俺たちは病院をあとにした。

プレゼントはどうなったかなんてとても訊《き》ける雰囲気じゃなかった。

なんて軽率だったんだろう。

何がプレゼントだ。もっと真剣に考えろよ。馬鹿じゃないのか。

妹さんのことを何も考えていなかった。想像すらしていなかった。健康な体が欲しい？

本当に何も考えていなかったのが丸わかりだ。いつもこうやって後悔している。

花森は、何も言わず後ろをついてくるのみだった。

その日の夜のことだ。

俺は、朝月と二人で昔よく来た公園にやって来ていた。

住宅街の端っこに設置されたその公園は、近隣の苦情全てに対応したせいで、ボールの使用禁止、ペットの散歩禁止、大声禁止、走り回ることも禁止という、じゃあもう何のためにあるんだよと言いたくなるような公園だった。だけどおかげで二人きりで話すにはもってこいの場所となっていた。

なんでこんな場所にいるかというと、単に朝月に誘われたからだ。

病院から朝月の家に辿り着いた後、朝月のお母さんが仕事から帰ってきて、晩御飯をご馳走してくれた。俺のことを覚えてくれていたようで、久しぶりねと笑いかけてくれた。親父のことには触れないでいてくれた。以前と変わらず優しい人だと思った。

晩御飯中は終始、花森が喋っていた。それだけで場が明るくなった。あいつなりに気を利かせたのかもしれない。勝手に苦手意識を持っていた自分が少し恥ずかしくなる。佐倉くんがフローラを愛する理由を捏造で語り出した時は、それどころじゃなかったが。

その後、朝月に「ちょっとだけ二人で話そうよ」と誘われた。

一方で、花森はそろそろ帰ると言い出した。

「大切な夜にするんだよ。こんなチャンスは二度とないぞ」

花森は別れ際にまでいらんことを言い、何か言ってやろうと思った時には再び角を越えた先で姿を消していた。一体どんなスピードなんだ。よくわからんやつめ。

そんなこんなで、ただいま俺と朝月はベンチに並んで夜空を見上げている。

夏の星空がよく見えた。宇宙に銀を振りまく黒いキャンバスが。

星座なんて何ひとつわからんのが寂しいが。

「ありがとうね」

心地よい無言を優しく崩したのは、朝月だ。

月光に照らされながら、彼女はこう続ける。

「協力してくれてありがとう。結果はうまくいかなかったけど、それでもひとつ前に進めたよ。本当にありがとうございました」

はにかむ笑顔と、少しおちゃめな口ぶりで、そう告げられる。

どう考えてもお礼なんて言われる立場にない。一体何をしたというんだ。それでも「どういたしまして」とその言葉を受け入れた。それが一番喜んでもらえると知っていたからだ。俺はいつだって、朝月に喜んでもらいたいんだ。

「あの子、いつからかな。ああやって話してくれなくなっちゃったけど、昔はそうじゃなかったんだよ。お姉ちゃんお姉ちゃんって、すっごく甘えてくれて。病気が辛いだろうに、それでも私の前ではいつも明るくしてくれて。それが嬉しくてね。だからもう一度あの子の笑顔が見たかったんだけど……えへへ。なかなかうまくいかないね」

「まだ次がある。きっと時間が解決してくれる」

俺なりに励ましたつもりだった。嘘じゃない。心からそう願った。彼女の痛みが手に取るようにわかったから。

結果として、それは励ましになっていなかったのかもしれない。

「それより佐倉くんと二人で話すのは久しぶりだね。昔は毎日のように話してたのに」

「ああ、バカな親父で申し訳ない」

「ごめんね。うまくやれなくて」

「何言ってんだ。俺の方から別れようって言ったんだ。朝月は悪くない」

実際その通りだ。朝月は何ひとつ悪くない。

俺の家がこんなことになって、後ろめたい目で見られるようになって。

朝月は気にしないと言ってくれたけれど、俺自身が耐えられなかった。恥ずかしかったんだ。朝月を好奇の目に晒してしまうことが。

足を怪我して走れなくなって、それでも最後まで一緒にやろうと顧問に言われたにもかかわらず、投げ出すように部活をやめて。その時点でマネージャーである朝月と交際することに恥ずかしさがあった。俺と付き合うことで朝月が笑われやしないだろうかと。でもそれは耐えることができた。できたんだ。

しかし犯罪者の息子になった時、もう耐えられなかった。世間が朝月をどんな目で見るのかを考えてしまえば、どうしても耐えられなかったんだ。

弱い男だと思うしかない。

「ねぇ佐倉くん。せっかくだから今日はいっぱいお話ししよ」

「でも」

「いいの。今日は誰もいないもの。やっと二人きりになれたんだから」

たまにしか見せないわがままモードな朝月を、久しぶりに見る。

二人きりになれたという言い回しが、渇いた心にとてつもなく嬉しかった。

「じゃあ何の話をしようか」

「花森さんとどこまでいったのか教えて欲しいな」

「ちょっと待て。何を勘違いしてるんだ。俺はべつに」

「花森さん美人だもんね。やっぱり佐倉くんもかわいい子が好きなんだ」

「本気で待て。違うから。え、あれ。怒ってる？」

わがままモードな朝月は手に負えないことを思い出す。付き合ってようが別れていようが、結局彼女には敵わないのだ。

その後も俺たちは話し続けた。

朝月がもしもの未来を想像し、それに応えるような話を主にした。

もし一緒に大学に通うならどこがいい。もし一緒に旅行に行くならどこがいい。もし家を建てるなら、子供を育てるなら。そんな、ちょっと頬が赤くなるような、もしもの未来を語り続けたのだ。

楽しかった。間違いなく幸せだった。

時が止まればと願うほどに幸せだった。

俺の左隣。腰掛ける彼女が、右手をベンチの上に置いていた。それは手を伸ばせば届く距離。さすがに握る勇気はなかった。でも嬉しかった。もう届かないと思った夜の月が、まだ手の届く場所にあったことに。まだ、やり直せるかもしれないことに。

そうしてどれくらい話した頃だろうか。

ふと、彼女は不思議なことを言い出した。

「佐倉くん。私ね、目を見ればその人の欲しいものがわかるの」

「はあ」

唐突な切り出しに、なんと返事をすればいいのかわからなかった。

「あ、信じてないでしょ。本当だよ。一度でも目があえば、その瞬間にわかるの。詩織の欲しいものだって、そのおかげでわかったんだから」

「はあ……はあ」

くすくすと笑う彼女に、薄い声で応える。どういうリアクションをして欲しいのか、経験未熟な俺には理解できなかった。何だろうこれは。朝月なりのギャグなのだろうか。だったら乗っかってやるのが正解なのか。

「じゃあ教えてくれよ。そうだな、現国の古木《ふるき》が欲しいものは？」

「吉田《よしだ》先生の身体」

「マジかよ！」

衝撃の告白に思わず大声を出す。

明らかに三十は歳が離れてるだろ。いや、だからこそなのか。

「ほんとほんと。びっくりだよね」

「びっくりとかいうレベルじゃないから。じゃあその吉田の欲しいものは？」

「こないだ結婚した青山《あおやま》先生の身体」

「うちの学校ドロドロじゃねぇか」

「あはは。面白いよね」

これは朝月なりのギャグなんだろうか。意外すぎるセンスに笑うしかなかった。同時に、彼女にこんなおちゃめな顔をさせる自分が少し誇らしかった。きっと世界で俺くらいだろう。教室では大人しいこの子を、こんな笑顔にさせられるのは。

「じゃあ花森は？　あいつは見るからにリア充だし、欲しいものなんてなさそうだけど」

「花森さんは世界平和かなぁ。かわいい女の子だと思うよ」

「世界平和ってかわいい女の発想じゃないだろ」

まあ確かに顔はかわいいけど、世界平和て。どういう意味で言ってるんだか。

訝《いぶか》しむ俺に、朝月は不意打ちを仕掛けてくる。

「ちなみに佐倉くんの欲しいものはね」

「え、俺？」

「ふふふ」

「待て。なんだその含み笑いは」

「そっかそっか。そうなんだ」

「なんだ。何と言いたいんだ」

「そうだね。佐倉くんは巨乳好きだもんね」

「どういう意味だ。おい朝月」

自らの身体を抱くようなポーズで笑う朝月に、慌てて抗議する。

「待て朝月。なんだ。何が言いたいんだ」

「あはは。なんでもないよ。やだ、もう、あはは」

久しぶりに笑った。久しぶりに朝月と話せた。朝月がこんなに俺を見てくれている。それが、たまらなく嬉しかった。

気づけば俺は自然と朝月に詰め寄り、おどけながら肩を揺さぶっていた。朝月は嬉しそうな顔で逃れようとする。

細い肩が、壊れそうな温かさが、淡い香りに惑わされる。

俺は、キスでもできそうな距離で朝月と見つめあっていた。

「佐倉くん」

いつの間にか笑顔は消えていた。もっと特別な感情がそこにあった。

濡れた瞳が俺を捉えて離さない。

もうそこにおどけた笑い声はなかった。

「あなたが本当に欲しいものは、温もり。でもそれは、決して私があげられるものではないの。あなたは気づいているはず。だから、ごめんね」

「…………」

どういう意味だろうか。この時の俺には、よく理解できなかった。

ただ、何か。その言葉だけは冗談ではなく、本気で言っているように聞こえたんだ。

「なあ」

「なあに」

「俺たちって、いつかやり直せるのか」

「ふふ、どうだろう」

「夢見てもいいのか」

「この時間は夢のようだよ」

「からかうなよ」

朝月はくすりと微笑む。

「でも、佐倉くんは花森さんと仲がよさそうに見えたよ」

「からかうなってのに。そんなんじゃないから」

「ほんとかなぁ」

「本当だ。俺が好きなのは」

「好きなのは？」

言えなかった。言えるわけがなかった。

朝月を苦しめたくないから。いや違うな。

俺自身が傷つきたくないからだ。

「……やっぱやめた。今度な」

「ふふ。いくじなし」

返す言葉もない。本当にだらしのない男だ。否定のしようがない。

でも、だけど。この時、俺は強く願っていた。

いつかきっと。いつかきっとやり直せる時が来たならば。

その時はきっと、必ず朝月を。

そんな夢を見ることは、果たして悪いことなのだろうか。

幸せな月の下で夜に浸る。

さすがにもう遅いということで、朝月を家に帰すことにした。

家まで送り、玄関先で「また学校で」と告げる。ここまではいつも通りだった。一年前まではよく見られた行為だった。

「今日は本当に楽しかった。わがままを聞いてくれてありがとう。ばいばい、佐倉くん」

「あ、ああ」

今夜に限って、いつもの「またね」がなかった。なぜだろうか。

ひとりの夜道は蒸し暑かった。

雲に隠れてしまったのか、さっきまで輝いていた月が見えなくなっていた。

――大切な夜にするんだよ。

不意に、なぜか花森の残した言葉が思い出された。

変な夢を見た。

夜の闇の沼の底に落ちて行く夢。取り返しがつかない夢。

嫌な汗をかきながら目覚め、夢だったことに安堵し、日曜であることにほっとした。今日は家から出ずに済む。学校で好奇の目に晒されることもない。誰も見ていないことなんてわかっているのに。

「…………」

本日も家に帰っていない親父なんて当然心配することもなく、考えていたのはやはり朝月のことだった。スマホを売ってしまったので連絡を取る手段がない。だけど朝月の携帯番号はしっかり控えてある。

リビングに設置された電話を手に取り、番号をプッシュした。

べつに深い意味があったわけではない。少し声が聞きたかっただけだ。

その声を聴いて、さっき見た夢を忘れることができればそれでよかった。

それだけでよかったんだ。

「おいっす佐倉くん。さぁて今日も元気にアルバイトを――」

「どういうことだ!」

開口一番。

俺は本日も昼過ぎにやってきた花森を、いきなり問い詰めた。

玄関を開け、彼女の手を掴んで引き込み、叫ぶ。

ドアを乱暴に閉め、細い肩を掴み、収まらない怒りをぶつけ続ける。

そうでもしないと、自分を抑えられなかった。

「いたた、ちょっとどうしたのさ佐倉くん。いきなりこんな」

「おまえ、何を知っている」

いつもと変わらぬ様子の花森に、かつて出したことがないほどの声で威嚇した。

仕方がないだろう。この女は間違いなく何かを知っているのだから。

今朝、朝月の携帯に電話をかけた。なぜか通じなかった。この番号は使われていないとアナウンスが流れたのだ。

この時はまだ、不審に思わなかった。知らない内に新しく携帯を替えたのだろう程度に思っていた。知らせるタイミングがなかったのかとしか思わなかった。

問題は朝月の家に行った時だ。

どうしても声が聞きたかった俺は、自分でも気持ち悪いと思いつつ行ってきたんだ。

そこで――。

「俺は、朝月の母親に言ったんだ。静香さんに用があると。そしたらどうだ。静香はひと月前に交通事故で亡くなったって。あなたも知っているでしょうって――どういうことだ。一体何が起こってる。なんで、なんで、何が起こっている！」

そこからめちゃくちゃに喋った。いや、叫んだ。

自分でも何を言っているのかわからない。とにかくありったけの不安と怒りと恐怖と絶望をないまぜにして叫び続けたのだ。

何が起こった。何が起きている。

何の間違いだ。一体これは何の冗談だと。

朝月の母親の顔が忘れられない。絶望と怒りに塗れたあの表情は、おそらく一生忘れないだろう。

娘を失った母親の、あの表情を。

「朝月さんの妹ちゃんが一番欲しかったものはね、お姉ちゃんとの時間だったの。でも、当たり前に側にあったから、妹ちゃんはないがしろにしてしまっていた。朝月さんは《死者》になってそれを知り、何とか仲直りしようと必死だった。でも、結局何をやってもダメだった。だから彼女はあきらめたの。これ以上、生き続けることを」

「え」

そんな俺の視線のその先で。花森が、訥々《とつとつ》とそう語り出す。

いつも通りの、明るくにこやかな表情と声で。

だけど、俺の知らない何かを内側より覗かせながら語り続ける。

「チャンスは二度とないって言ったよね。朝月さんはね、既に死んでいた《死者》なの。未練を断ち切れず、世界によって残酷なロスタイムを与えられていた悲しい存在。目を見れば欲しいものがわかるって話は聞いた？。あれが彼女の死者の力。昨日までの事を誰も覚えていないのは、存在しない歴史が修正されたから。覚えていられるのは、私たち死神だけ」

「──っ」

一気にそう語る花森を前に、言葉を失うしかなかった。

何だ。何を言っている。

一体こいつは何を言っている。まるで理解できない。

何もわからない。何も。

思い出す。

雨の音を。あの雨の日を。雨に揺らいでいた白い影を。

あれは、まさか、そんな。

花森は告げる。

「もう一度言うね」

どこか悲しい、淋しさを閉じ込めた儚い笑顔で。

彼女は俺に、世界の果てより言い聞かせるのだ。

「佐倉くん。これは死神のアルバイトなの。この世に閉じ込められた哀れな《死者》を、あの世へ送る。それが私たちの仕事なの。朝月さんは、もう死んでいたの。そして昨日、未練を断って無事に旅立った。それだけの話なんだよ」

「死……しにが」

呆然と。立ち尽くすしかなかった。

わからない。何を言っているのかわからない。
ただひとつだけ、わかるのは。
——本当だ。俺が好きなのは。
——好きなのは？
——やっぱやめた。今度な。

「嘘だ。そんな」
絶望しながら気づく。ああ、また繰り返してしまったのかと。
人はいつだって失ってから後悔する。
大切なものは、いつだって失くしてから気づく。
知っていたはずなのに。幸せは必ず壊れると知っていたはずなのに。
なのにまた、繰り返してしまった。

この日、朝月静香はこの世から消えてしまった。

二章　白い手紙

俺のひとことに、朝月は嫌だと首を振った。

何も言えなかった。立ちすくみ続けた。

しばらくして、もう無理だと悟ったのだろうか。

涙を堪える彼女は「またね」と言い、去って行った。何も言えるわけがなかった。

こうして俺たちの時間はあっけなく終わった。

今になって思う。

もしもあの時、何か別の行動をとっていれば、別の未来に出会えたのだろうか。

それとも、どうあがいても運命には逆らえないのだろうか。

今となっては、もうわからない。


「この世にはね、死んだはずなのに死ななかったことにされた人たちがいるの」

呆然とする俺に、花森はそう切り出した。

どれくらい玄関で我を失っていたのだろう。花森はそんな俺の手をとり、引きずるように居間まで連れて来たのだ。

そして語り出す。

この世界の残酷な真実を。

「はっきりとした基準はわからないよ。だけど未練を残して死んだ人の中から、稀に《死者》は生まれるの。神様によってこの世に閉じ込められた悲しい存在が。そして彼らが生まれた瞬間に、世界は偽りの姿――ロスタイムに姿を変えるんだ。死んだ事実がなかったことにされた世界に」

そこまで話した花森は、その説明では伝わらないと思ったのか。

んー、と思い悩む素振りを見せた後、再度説明を開始する。

「つまり朝月さんはひと月前に交通事故で亡くなっていたの。だけど彼女には何らかの未練があって《死者》に選ばれてしまった。それにより、世界は朝月さんが死ななかった世界に作り変えられたの。朝月さんはびっくりしたと思うよ。事故の記憶があるのに、その事故自体がなかったことにされているんだから。しかもそれを自覚できるのは朝月さん本人だけ。佐倉くんも偽りの歴史が始まったことに気づかなかったでしょ？」

無言の俺に花森は続ける。

「最初、《死者》はみんな喜ぶの。当然だよね。死んだはずなのに、それがなかったことにされるんだから。でもすぐに気づく。このロスタイムが、とても残酷であることに」

残酷。

その言葉が俺のどこかに突き刺さった。

「ロスタイムとは、未練を晴らすために与えられた限りある時間。《死者》は未練を晴らすことでロスタイムを終わらせこの世を去るか、いつ訪れるかわからない時間切れを待ってこの世を去るかを選ばなきゃいけない。しかもどちらを選んだ場合でも、ロスタイム中に起こった全ての事象、記憶はリセットされてしまうの」

「どうあがいても《死者》は訪れる死から逃れられない。そのうえ、ロスタイムの間に何をしたとしても何も残すことが出来ない。学校に行っていたことも、妹ちゃんにプレゼントしたバッグも、ロスタイム中に朝月さんが行ったことは全てなかったことになり、関わった人たちの記憶も、朝月さんが事故死したという本来の歴史へと修正される。記憶を維持し続けることが出来るのは、他の《死者》と死神だけなの」

物言わぬ俺の前で、花森はその後も説明を続けた。

死の恐怖と何も残せない事実に囚われた《死者》は、ほとんどが絶望すること。

そんな彼らをサポートする組織が死神であること。

この組織は日常の裏側で世界中に存在していること。

創設者や全容、お金の出所は一切不明であること。

仕事の指示も給料も、全て書簡にてどこからか届くのみであること。

そういった説明を、花森は続けた。

「それで、ここからが一番大切なんだけど……さっきも言ったように、ロスタイムが終わったとしても他の《死者》や死神は記憶の修正を受けないの。彼らと関わる何か——例えば朝月さんからロスタイム中にペンでも貰っていたとしたら、それは消えてなくなってしまうんだけどね。それでもペンを貰った記憶だけは維持し続けることが出来る。ただしそれもアルバイト期間である半年間限定の話。退職してしまえば、その瞬間にアルバイト中に得た記憶は全て失い、死神であったことすら忘れちゃうの」

よほど大事なことなんだろう。花森は俺の目を見つめながら強く言い放った。何かを祈るようなその瞳。それを見ながら、頭の中で今聞いた話を反芻《はんすう》する。

不思議なことに、この時、俺は花森の話を完璧に理解出来ていた。

はっきり言って信じ難い内容だった。これまでの人生がゲームのように感じられる衝撃。こんな非日常が存在したなんて。それでも、すとんと信じることが出来ていた。理由はわかっている。今朝見たあの表情が全てだからだ。

娘を亡くした母親を初めて見た。あの人に俺はどう映ったのだろうか。

あれを見てしまえば、理解せざるを得なかったのだ。

《死者》というものが本当に存在するのだと。

「佐倉くん、大丈夫？」

「……ああ」

（大丈夫なわけがないだろう）

しかし同時に、理解と受け入れは全くの別であるとも気づかされた。

ただでさえ朝月の死が信じられない状況で、こんな話をされたのではたまったもんじゃない。正直に言おう。俺はまだ、花森を許せなかった。

なぜ教えてくれなかったんだ。

彼女の瞳に思うのはそれだけだ。

朝月との夜が最後になると、どうして教えてくれなかった。理由なんてひとつだ。信じてもらえないと思ったのだろう。現にその通りだ。俺は死神のバイトを宗教活動か何かだと思い込んでいた。朝月を死人扱いされた日には、バイトを始めることもなかったはずだ。

そう考えると、花森にはむしろ感謝しなくてはならない。最後の時間を過ごすきっかけをくれたのだから。そこまでは考えることが出来ていた。

だけど、ここで冷静に折り合いをつけられるほど大人ではなかった。

何かもっとうまい方法があっただろう。最後の時間だったんだぞ。

やり場のない怒りは八つ当たりに退化する。結局、俺はその程度の人間だ。

「花森」

「ん？」

「帰ってくれ」

「……うん、そだね」

花森の呟きを最後に、室内に沈黙が横たわる。

夏のせいか苛立ちのせいか、部屋には膿んだ空気が充満し、俺たちを熱した。

でも仕方ないだろう。とても何かを話す気分ではないのだから。

「うん、わかった。じゃあ今日は体調不良でお休みってことにしておくよ。でも、明日からはちゃんと頑張らなくちゃだめだからね。サボったらお仕置きだぞっ」

おどける花森に、無言を貫く。本当に卑怯な奴だと自覚する。

そんな俺に花森は一枚の紙を差し出した。そこには退職願と書いてあった。

どうやらそれは退職願で合っているらしい。

「もしもだけどね。どうしてもキミが退職したいと思うなら、これをポストに投函して。これは佐倉くんを日常に還す道標。これを提出することでキミは死神でなくなり、アルバイト中に得た記憶を全て失うから」

ただし、と花森は付け加える。

「ただし一度退職した人は二度と死神に戻れない。それは朝月さんのロスタイムを永遠に失うことだと理解しておいて。まあ、どのみち半年後には忘れちゃうんだけどね」

そう言い残し、花森は「それじゃまた明日。ちゃんとごはん食べるんだぞ！」と笑顔で手を振り引き上げて行った。陽気な笑みが一層俺を惨めにする。惨めな思いはさらなる怒りを招き、自身を苛《さいな》ませる。

彼女の残り香が漂う部屋で、またしても一枚の書類と共に取り残される。

日常を取り戻す道標。

悲しみと怒りを忘れる唯一の手段。

こんなものを前にしたところで、答えは出ない。

出るわけがないだろう。答えとか、それどころじゃないんだ。

「朝月」

誰もいない部屋で、ぽつりと呟く。

応える者はいなかった。


結局その日、俺は家から一歩も出なかった。

節約のため、シャワーを一瞬だけ浴びて汗を流す。食事は買い置きのカップ麺で済ませた。こんな時でも腹が減るのが情けなかった。その後、すぐに布団に横になった。眠ってしまいたかった。当然、眠れるわけがなかった。

苦しい。辛い。悔しい。

昨日の夜は幸せな思いでいたのに、今はふとした瞬間に恐怖に呑まれる。相変わらず俺の幸せは長持ちしない。そんな夜は永遠とも思えるほど長く続いた。一睡もできないまま朝が来た。

そうして迎えた月曜日、俺は学校をさぼっていた。とてもじゃないが行く気になれなかった。そのくせ昼過ぎには家を出た。花森に会いたくなかったからだ。

街をうろうろとさまよい、帰宅したのは夜更け過ぎだった。花森の姿は当然なかった。怒っただろうか。いや、きっと怒ってないだろう。困った顔で「しょうがないなぁ」と笑ったはずだ。それを想像できる程度には花森のことを理解できていた。

その日も寝つけなかった。ひたすら苦しかった。

また眠れないまま朝が来た。答えは出なかった。

そんな時間を、さらに三日も繰り返してしまった。

その結果辿り着いた答えは、何の解決にもならないものだった。

「バイト、続けるよ」

「ほんと？　よかったぁ」

迎えた金曜日。朝月がいなくなって六日目の午後。

この日、久しぶりに学校に行った俺は、放課後すぐに帰宅して、四時すぎに鼻唄を歌いながらやってきた花森に、そう伝えたのだ。

はっきり言おう。気分はとにかく最悪だった。

あらためて振り返ってみてもこのアルバイトは劣悪すぎる。

時給は低い、残業代は出ない、勤務内容は幽霊のような《死者》と触れ合う常識外れのもの。悪い所ばかり見ているわけでもないのに、悪い所しか思い浮かばない。事前にわかっていたなら絶対引き受けなかったと断言できるほどだ。

とはいえ、もう始まってしまったものはどうしようもない。花森の話が本当なら、退職した瞬間に朝月との夜を忘れてしまい、本来の歴史に記憶を修正されるとのことだ。真実であり、同時に偽りでもある歴史に。

それだけは嫌だった。

今、あの夜を忘れてしまうなんて。

俺にはわからないままだ。花森は未練を抱えて死んだ人間が《死者》になると言ったが、朝月の未練は何だったのか。妹さんに感謝を伝えたいと言っていたが、どう見ても伝えられたように見えなかった。あれが妹さんとの最後になるなんて。なんでもっとうまくやれなかったのかと後悔する。

だけどそれでも朝月はいなくなった。何も言わず、俺を残酷な世界に置き去りにして。

花森はそれを指し、無事に旅立ったと言っていた。

わからない。何もわからないんだ。ゆえに、だ。

(忘れるわけにはいかない。絶対に)

どれだけ無様でもこのバイトをやめるわけにはいかなかった。

とりあえず続けることで、朝月との思い出を守るしかなかったのだ。

たとえそれが、いずれ失う記憶とわかっていても。

「いやぁほんと安心したよ。せっかく出来た相棒をいきなり失うとこだったからさ。よかったよかった」

そんな俺を前に、花森はいつも通りの能天気な声でそう言った。

朝月の死をとっくに乗り越えたかのように、陽気におどけて。

それらが意味するものは何なのか。ちょっと考えればわかるだろうが、あえて考えなかった。まだ花森を許せない自分が間違っているとわかっているのに。

「よし、じゃあ早速本日のバイトをがんばろー」

「ああ、さっさと行こう」

「お、やる気満々だね佐倉くん」

「んなわけあるか。早く終わらせて帰りたいだけだ」

「なるほど。すてきなクラスメートとのアフター5を楽しみたいと」

「アフター9じゃねぇか」

「アフター9って、ちょっと佐倉くん。そんな夜更けに何を期待してるのかな？」

「何も期待してない」

「そっかそっか。あの佐倉くんもついにアフター9か」

「おまえは俺の何を知ってるんだ」

「ぼっちの佐倉くんがアフター9か」

「ぼっち関係ないだろ……」

アホすぎる花森を相手に盛大にため息を吐く。「あはは。冗談だって」と背中を叩いてくる様が余計に苛つくので、無視してそのまま家を出た。暑い日差しに再びため息が漏れる。その後の道中も花森があれこれ話しかけてきたが全部流してやった。それでも花森の笑顔が消えなかったのが余計に鬱陶《うっとう》しかった。

沈む気のない太陽は、どこまでも俺を嗤《わら》っていた。


こうして再び始まった死神のアルバイトだが。

最悪の気分で迎える仕事は、さらに俺を沈ませるものとなる。

「俺は黒崎《くろさき》だ。おまえらが新しい死神か」

「はあ」

通称、手紙おじさん。

この男が、俺が出会う二人目の《死者》となる。

「いいか。俺は今でこそ隠居の身だが、ちっと前までは大企業の役員だったんだ。学生とは身分が違うんだ。その辺をきっちり理解して役に立てよ。わかったな」

（何だこいつは）

家から歩いて数十分ほどの距離にある河川敷。

そこは北から順に「釣りスポット」「テニスコート」「ランニングコース」といった整備がされており、町民にとってはそれなりの憩いの場となっていたのだが。そんな場所で出会った男は、憩いからはほど遠い感情を与えてくれた。

見た目はいかにも昭和気質の中高年というイメージか。

歳はおそらく六十前後。顔に皺も多く白髪がところどころに混じっているが、背が高いせいか細身の割に威圧感があった。年の割に眼光はきつく、低い声も相まってどこか圧迫感もある。浅黒く焼けた肌も影響しているかもしれない。

ただ、そんなことはどうでもよくて、問題はその性格だった。

「そっちの嬢ちゃんは昨日も会ったな。おい若いの。おめーは誰だ。年上を前にして名乗らないつもりか」

「佐倉です。佐倉し――」

「ふん、男の名前なんざどうでもいいわ。それよりもっとしゃんとしやがれ。だらしねぇガキは嫌いなんだよ」

（何なんだよ鬱陶《うっとう》しいな）

この短いやりとりからわかる通り、とにかく黒崎さんは偉そうな人だった。

言葉遣いもそうだが、大企業だの年齢だの、やたらと人を見下す態度が目についた。なんでこんな気分の時にこんな男と話さなきゃならないのか。本当に世の中は厳しく出来ていると痛感する。

そんな俺の気など露知らず、花森はこんなことを言い出した。

「さて、じゃあ自己紹介も終わったし、そろそろバイトを始めよっか。今回の任務はずばり、失くした手紙を探すことだよ。気合い入れてがんばるぞー。おーっ！」

「手紙？」

「俺が話す。嬢ちゃんは黙ってろ」

訝《いぶか》しむ俺に、黒崎さんは身の上話を始めた。

黒崎さんにはかつて妻と息子がいたそうだ。

だけど仕事一筋だった彼は家族との折り合いが悪く、息子が五歳の時に離婚したそうだ。もう二十年も前の話で、二人が今はどこにいるのかも知らず、息子に関しては現在どんな顔をしているかもわからないのだと。

それ以来ずっと仕事に生きてきた黒崎さんは、働き過ぎた結果、病気によりあっけなく死んでしまったと。だけど未練があったことで《死者》となり、病気自体をなかったことにされたロスタイムが始まったそうだ。

そして、肝心の未練というのが。

「手紙だ。離婚する前に一度だけ息子が俺に手紙を寄越したんだよ」

その辺の草を蹴飛ばしながら、黒崎さんは語る。

「幼稚園の行事で、父の日に感謝の手紙を贈ろうってのがあったんだ。そこで息子は手紙をこしらえ、俺に渡したんだ。その後すぐに別れちまったがな。その手紙をずっと財布に入れてたんだが、脳梗塞で倒れた時に財布ごと失くしちまってよ。そのまま俺は《死者》となったんだ。んで、その倒れた場所がこの河原だ」

顎《あご》でくいっと、眼前の景色一帯を示す。

そこに広がるは、泳げそうなほどの川に沿って作られた河川敷。土手を繋ぐ草むらは先ほど紹介したように、テニスコートを作れるほどの広大な面積。そんな河原が全長何メートルだろう。もうこれはキロ単位で測るレベルに広がっている。それらを理解した俺が立ち眩みしそうになったのも無理はないはずだ。一気に七月の太陽が悪魔に見えてきた。

(嘘だろ。ここから探すって)

脳内で呟き、再度肩を落とす。大きな大きなため息と共に。

しかしこの時。

うなだれながらも、俺は最悪な気分を一瞬だけ晴らしていた。

印象最悪のこの男だが、息子の手紙を未練にしているなんて、案外いい人なのではと思ったからだ。

そんな思いは本当に一瞬で霧散する。

「つまり、息子さんとの思い出を探したいってことですか」

「はん。おめぇもそこの嬢ちゃんと同じことを言いやがるな」

「あはは。それがだねぇ佐倉くん」

花森が苦笑気味に説明しようとするが、遮るのは他ならぬ黒崎さんだ。

「どうでもいいんだよ。男の仕事を理解できねぇ女もガキも、そいつが書いた手紙もな。ただ、財布にあの手紙を忍ばせておけば、女のウケがやたらいいんでな。それを利用して、また夜の店に行って楽しい思いをしたい。それが俺の未練なんだよ。わかったか若いの」

「…………」

大きく深く嘆息する。わざとらしくもう一度息を吐く。今日何度目かの最悪な気分をさらに上書きしてくるとは。どうやら神様は本気で俺が嫌いらしい。

なんというゴミのような理由だ。

この男を一瞬でもいい人と思ったのが馬鹿だった。

考えようによってはこの方が人間らしいと言えるのかもしれないが、とにかくやる気がなくなったのは確かだった。

小さく舌打ちしながら、花森を問いただす。

「おい花森」

「どしたの佐倉くん」

「あのエロ親父は本当に死んでるのか」

「ほほう。自分を差し置いてエロ親父とな」

「いちいち茶化さなくていい。質問に答えろ」

「そうだよ。黒崎さんは《死者》で間違いないよ。佐倉くんがいない間に、ちゃあんと確認したもん」

花森は俺に、簡単な説明をした。

《死者》が生まれるとすぐに、まずは近くに住む死神に指示が届くそうだ。

そこには《死者》の外見的特徴と住所、さらには「説明せよ」という指示が書かれているのだとか。

指示を受けた死神は実際に会いに行き、混乱する彼らに説明をするのだ。

そしてそのまま、未練解決のために力を貸すのだと。

「黒崎さんが《死者》になったのは、半年くらい前の話なんだって。ロスタイムの説明も、既に他の死神がやってくれてるの。ただ、うまく悩みは解決できなかったみたいでね。その後も何人か入れ代わりでやってきたんだけど、トラブル続きらしいの。それで今回、私たちの番になったってわけ。ふふふ、誰も解決できない難事件を解決する。名探偵に相応しいシチュエーションでしょ」

全然相応しくない。

割と真剣にそう叫びたかった。そもそも探偵じゃない。ようはあれだろ。このおっさんがわがままますぎて手に負えないから、俺たちにお鉢が回ってきただけの話だろうが。

今の話を聞いて、意外にも死神はたくさんいるのかという点が気になったが、それよりも気になったのは半年前のくだりだ。そんなに前から手紙を探してるのかよ。

こんな広い河原を探すだけでも絶望的なのに、しかも失くしたのが半年前。見つかるとかそういう問題じゃねえから。ちょっと待て、これ本気で言ってるのか。嘘だろ。おまえよくそんなのん気に笑ってられるな。

困惑の中、なんとか逃げ出せないものかと頭を捻る。

だけど当然、思いつくわけもなく。

「おい若いの。くっちゃべってねぇでさっさと探せ。遊びに来たんじゃねぇだろ」

「はぁい、すいませーん」

草むらを蹴り飛ばすおっさんに、花森は笑顔で駆けてゆく。

正気かよ。そうとしか思えなかった。

しかし俺にも逃げ道はない。

「ガキ、おまえもだ。ちゃんと働け。金貰ってんだろうが」

「時給300円だけどな」

「何か言ったか」

「何も」

あがいても無駄だ。

あきらめた俺は、草むらをかきわけ見つからないだろう財布を探し始めた。いざ探し始めて財布の特徴すら聞いていないことに気づいたが、もう見つける気もなかったので放っておいた。このまま探すふりをしてあきらめてくれるのを待とう。そんなことだけ考えていた。

どうでもいい。どうでもよかったんだ。

おっさんのことも、死神のアルバイトのことも。

後に思えば、この時は金が必要だという当初の目的すら忘れていたように思う。とにかく朝月のことさえ覚えていられれば。そんなことしか考えていなかったのだ。

こうして、再び最悪のアルバイトは、まさに最悪の気分で始まった。

そこからは、もう語るまでもなくろくでもない日々となる。その様子をいくつか紹介しよう。

まず大前提として、やる気の出ない要因がいくつもあった。

朝月のこと、時給のこと、放課後の時間を全てとられること、本格的に暑くなってきたこと、もうすぐ期末テストが始まること。今更成績を気にするわけではないが、補習は避けたい。これだけでもイライラさせてくれるというのに、その状況で見つかるわけもない手紙を探せと来た。冗談にもほどがある気分だった。

そして何より、この黒崎というおっさんが本当に厄介なのだ。

「おいおまえら。さぼってねぇでもっと働け」

「遅いんだよ。学校終わったらすぐに来ねぇか」

「もう帰る気か。根性ねぇな。俺は若い頃、ひとりで会社興して成功したこともあるんだぞ」

まさにテンプレのようないびりの連続。隙あらば説教してくるのだ。

自分は疲れたらすぐ休憩というのが余計に腹が立つ。

「うへぇ。ごめんなさーい」

花森は苦痛に感じていないのか、いつも通りの笑顔で乗り切っていたが、俺はとてもそんな気分になれなかった。当然だろう。これでやる気を出せってのが無理がある。

そんな俺をさらに黒崎さんの鼻につく自慢話が襲う。

「高級車が趣味でよ。こないだも一台買ったんだが、エンジン音がたまらねぇのよ」

「仲良くしてる女がいてな。まだ若いが悪くねぇ。あれは俺に惚れてやがるぜ」

「昔の友人が会社興したらしいんだ。この年でよくやるぜ。手伝ってくれって言われたんだが断ってやった。ふははは」

「はぁ」

ハッキリ言おう。死ぬほど興味がなかった。

想像してみてくれ。くそ暑い中、虫だらけの草むらをかきわけて、見つからない手紙を探しながらおっさんにいびられ、たいしたことない自慢話を聞かされる。どこの拷問だ。ストレスばかり溜まる日々に、とにかくうんざりだった。

ちなみに黒崎さんは、この界隈では手紙おじさんという呼び名で有名人と化している。朝から晩まで河原をうろうろしながら「手紙はねぇか」と無愛想にぼやくおっさんがいればそうなるのは当然だ。放っておいてくれる人。ひそひそ話する人。疎ましく思う人。道行く人の反応は様々だった。当然、手伝う俺たちにも同じ目が向き、巻き添えで笑われる様は、なんとも屈辱的だった。

「黒崎さん」

「なんだ。手紙あったのか」

「いえ。黒崎さんは仕事はどうされてるんですか」

「やめたよんなもん。なんで死んでまで働かなきゃなんねぇんだ」

「仕事一筋だったのにですか？」

「死んだとわかった瞬間にやる気が失せてな。いいから余計なこと喋ってねぇで働け」

大きく天を仰ぐ。

くそ、働いていたら会社に告げ口して止めてもらったのに。無職なうえに開き直っているのでは弱点がない。あてが外れ、うなだれる。

結局、その日も手紙は見つからなかった。


ろくでもない日はさらに続く。

手紙を探し始めて五日目のことだ。

「暑い。くそが。おい若いの、飲み物買いに行くぞ」

「え、あ、はい」

奥まで探しにいった花森を他所《よそ》に、突如黒崎さんがそんなことを言い出したのだ。

その日はやたら太陽が眩しく、夕方だというのに一向に涼しくなる気配がなかった。なので命令口調は気に入らなかったが、不意に訪れた休憩にほっとした。しかしそんな安堵も一瞬だった。

信じられないことにその買い物は俺の奢《おご》りだったのだ。

少し歩いた先のコンビニまで来たかと思うと、黒崎さんはペットボトルをレジにどんと置いた途端に、そのまま店を出て行ったのだ。もちろん店員さんは残された俺に目を向ける。さすがにキレそうだった。俺の時給がいくらなのか知っているだろうに。

しかしもう文句を言う気力もなくなっていた俺は、結局従い、店先の日陰で休憩をとることに。黒崎さんはペットボトル入りのコーヒーを、俺は水を飲んでいた。水を選んだ理由は一番安いからである。それだけでいちいち惨めな気分になっていた。

「おい若いの」

そんな状況で、黒崎さんは世間話をふってきた。

内容は予想通り、どうでもいいものだった。

「以前嬢ちゃんから聞いたが、死神の仕事は最後まで勤め上げればどんな願いも叶えてもらえるってのは本当なのか」

「ああ、それですか」

いつか花森から聞いた話を思い出す。

最後まで働けばどんな願いもひとつだけ叶えられる、《希望》を申請できる。

最初に聞いた時は何を言ってるんだと思った。しかし今なら違った感想を抱くことができる。これだけ非日常が起これば真実味を増すこともある。

このアルバイトは間違いなくブラックだが、これがもし真実だとするなら、確かに半年間勤め上げる価値があるのかもしれない。そのことは一応理解していた。

だが、とはいえだ。

「どうでしょうね。正直あまり期待していません。どんな願いもがどこまでを意味しているのかわかりませんし、希望を申請するという言い回しも微妙です。それに、半年も勤め上げられる自信もありませんから」

今言ったのは、ある程度本心だ。

七つの玉を集めたら出てくる龍のように、何でもと言いながら「それは無理だ」と言われるのかもしれない。そもそも希望を申請という表現も引っかかる。花森にも確認したが、よく知らないと言われてしまった。なので、過度な期待はしないと決めている。

だけど、もし本当にどんな願いでも叶うならば。

黒崎さんには伏せておいたが、やはり叶えたい願いはあった。

朝月。俺にはやっぱりそれしかない。

期待しすぎてはいけない。だけどもしも、もう一度だけ会えるなら。

今度こそ後悔したくない。

そういった秘かな決意を抱いていた。

「ふうん。希望を申請ねぇ」

そんな説明に、黒崎さんは何を思ったのだろうか。

考える素振りで沈黙する。その横顔にはいつになく哀愁が漂っているように見えた。心の深淵にある、言い訳の出来ない小さな哀愁が。

だけどそれも一瞬だ。「まぁ確かにおまえじゃ続けるのは無理そうだな」と嫌味を言われ、そこで会話が終了した。本当にいちいち苛つくおっさんだ。

その後、俺たちは特に何を話すでもなく佇んだ。

「やるよ」と言いながら黒崎さんが投げてよこしたのは、コーヒーのおまけフィギュアだった。全然いらなかったので捨てようかと思ったが、それはそれで文句を言われそうなのでやめておいた。ため息と共にズボンのポケットに突っ込んでおく。

「もうすぐ夏休みなんだろ。だったら時間があるな。夏休みは朝から来いよ」

前を歩く黒崎さんはそう言った。冗談じゃなかった。何もかもが俺を苛つかせた。もうすぐ夏休みである事実が少しも嬉しくなかった。


さらに、休憩から戻った後にもストレスは溜まり続ける。

「《死者》にはね、ひとつだけ特殊な力が宿るのだよ佐倉隊員」

河原へ戻り、花森と合流し、相変わらず見つからない手紙を探していたら、突如、花森がふざけた声でそんなことを言い始めたのだ。

何だ急に。

「まだちゃんと説明してなかったよね。《死者》はロスタイムの中で、ひとつだけ不思議な力を使えるようになるの。それを私たちは《死者の力》と呼んでるんだ」

死者の力。

そういえば前にも一度聞いた気がする。

「どんな力かは人それぞれだけどね。ある日ふと、自分に力が備わっていることに気づくの。しかもそれは、自らの未練に関連すると言われてる。つまり死者の力は、自分の未練が何かを知るヒントであり、同時に未練を晴らすためのものでもあるんだよ」

その言葉に、無言を返しながら考える。

今の話にかなり重要な情報が紛れていたからだ。

不思議な力についてではない。今更そこに驚きはしない。《死者》が平然と飲み物を奢《おご》らせる世界だ。これくらいで驚く必要はないだろう。

意外に思ったのは、死者の力は自分の未練を知るヒントという部分だった。それはようするに、《死者》は自分の未練が何かを知らない状態で、ロスタイムをスタートしているということになるからだ。

死んだにもかかわらず、《死者》としてロスタイムを生きる。

それほどの未練を抱えていながら、その未練が何なのかわからない。

この部分が、なんとも意味深なものを感じさせた。

「ちなみに黒崎さんの力は、顔を見ればその人の名前がわかる力なの。苗字に名前、漢字も読み方も全部わかっちゃうんだって」

「この力を使ってその辺のカップルに『おい明美《あけみ》、もう新しい彼氏が出来たのか』とか言えば最高に笑えるんだぜ。ぐははは」

どんだけクズなんだこの男は。

思わず舌打ちをする。

「あはは。黒崎さんてばお茶目なんだから。ちなみに佐倉くんはこの力をどう思う？」

「どう思うって」

「これが意味するものは何かなぁという意味で」

「おいよせ嬢ちゃん。余計な勘繰りはするんじゃねぇ」

「さぁな。どうでもいい」

「んもう。ノリが悪いぞー」

「どうでもいいとはなんだクソガキ。なめてんのか」

呆れて笑う花森と、とにかくうるさい黒崎さんから視線を逸らして会話を切る。

まあ一応思うことはあった。

未練ある者が《死者》となる。死者の力を通して未練を知る。

二十年も会っておらず、どこに住んでいるのか、どんな顔をしているかもわからない息子がいる。そして朝から晩まで探し続ける手紙。女を落とすために半年間も。これらの情報を揃えて何もわからないほど間抜けではない。ただ、今の俺にはどうでもよかったというだけだ。

　単純に黒崎さんのことが嫌いだし、探す力を持ちながら実行する勇気もないおっさんなんてどうでもよかった。俺にとって朝月より大事なことなんてないのだから。

（能力は、自分の未練が何かを知り、それを晴らすための力）

　花森は朝月の力を、目を見ればその人の欲しいものがわかる力と言っていた。

　朝月自身もそう言っていたから間違いではないだろう。

　だとするなら、やはり朝月の未練は妹さんとの仲直りだろうか。妹さんの欲しいものを知り、きっかけを作る。そう考えるなら、辻褄は合っているように思う。

　ただ、それでもやはりわからないのが、その未練をどう断ち切ったかという点だ。

　花森は言った。妹さんの欲しいものは姉との時間だったと。朝月も、妹の欲しいものはいつでも手に入るけど、気づかないものと言っていた。

　姉妹の最後の時間は間違いなく最悪だった。どう見ても妹さんの欲しいものを与えることはできなかった。

　でも朝月はあの世へ行った。

　花森はそれを無事に旅立ったと言った。

（くそ……）

　わからない。何度考えても答えが出ない。

どうして。なんで。なぜわからないんだ。

「つうかおめぇの名前は地味だなぁおい。由来でもあるなら教えろよ」

黒崎さんが何か言っている。耳に入るはずもなかった。

「おい聞いてんのか、ガキ」

「あはは。まあまあ怒らないで」

宥《なだ》める花森の声を背に、無念だけが俺を貫いていた。

きっかけはここだったのだろうか。

こんな日々の中で、さらに追い詰められる事件が起きてしまう。

手紙を探し始めてから十日と少しが経とうかという日のこと。

「ゆーきぃー」

授業を終え、最近は帰宅するのも面倒なので、花森と並び直接河原へと向かっていた晴れた午後。突如そんな声が俺たちを呼び止める。一瞬、誰のことかと思ったが、すぐに気づく。花森が大きく手を振ったからだ。

「おーっ！　裕子《ゆうこ》、真理《まり》も。今からどっか行くの？」

「テスト前だからさ。みゆの家で勉強すんの。雪希は？」

「今日もボランティアだよ。偉いでしょー」

向こうから歩いてきた二人の女子は、俺たちのクラスメートだった。その会話を聞いて、花森が死神のバイトをどうごまかしているのかを知る。こいつくらい友達が多ければ放課後の誘いを断るのも一苦労かと思ったが、どうやらボランティアで統一しているようだ。もっともそんな情報を得たところで俺には関係ないが。

「佐倉くんもボランティアなの？」

「え、あ」

「そうなの。私が誘ったらＯＫしてくれたんだ。はぁ、美しいとは罪深いことよ」

「こらこら調子に乗るな。佐倉くんが優しいからでしょ」

「あ、ありがと」

不意に話をふられ、慌ててしまうが花森のフォローでどうにか誤魔化《ごまか》す。これだけでクラスメート二人がいい人たちであることがよくわかる。教室で浮きまくっている俺にも声をかけてくれるのだから。

当然だ。知っていた。

裕子と真理と呼ばれるこの二人がいい人たちなのは知っていた。

だってこの二人は、朝月の親友だったのだから。

（……っ）

その瞬間だ。

俺は、どうしようもなく襲いかかる恐怖に囚われてしまった。

きっかけとは些細なものだと思い知る。あらためて知ってしまった。

朝月が死んでいることを。もうこの世にはいないことを。

一ヶ月半も経てば、仲の良かった友達でもこうなることを。

「そういえばさ。夏休みになったらみんなで静香の家にお線香あげに行こうって話してたんだけど、雪希も来る？」

「お、当然行くよー。みんなで行けば、朝月さんも喜ぶもんね」

「まあね。あたしたちが元気なとこ、静香に見せとかなきゃだからさ」

三人の会話を聞きながら考えてしまう。

この二人はいい人たちだ。俺にも挨拶してくれるような人たちだ。

疑うまでもない。朝月の友達なんだから当たり前だ。

いつまでも悲しんでいられないのも、笑顔で前に進まなきゃいけないのも、何もかもが当たり前だ。だからこれでいいんだ。朝月のいない世界で笑っていても、いいはずなんだ。

それなのに俺は恐怖を抑えられなかった。

朝月が死んだ。朝月の友達がそれを乗り越えていた。

朝月が死んでも、べつに世界は変わっていなかった。

そして、この二人が朝月の最後を知らないという事実が最大の恐怖を与えた。

この二人にとって朝月は一ヶ月半前に事故死した存在で、その後のロスタイムは一切存在しなかったことになっているのだ。

朝月が二人にお別れを言っていたとしても、なかったことにされる。ここにきて、花森がロスタイムは残酷と言った意味を思い知る。

ふと思い描く。

もし俺が死神の記憶を失ったらどうなるのかと。

朝月が事故で死んだ世界。そこで俺は、どんな目で毎日を過ごすのだろうか。

朝月との最後の夜を忘れた世界で、何を思い生きるのか。

――どのみち半年後には忘れてしまうんだけどね。

思い出さなくてもいいのに思い出してしまう。

ずっと拭えずにいる恐怖の姿を。

「花森。訊《き》いてなかったけどさ」

二人と別れた後、隣を歩く花森に問いかける。

「朝月が《死者》になった時、ロスタイムの説明をしたのはおまえなのか」

「うん、そうだよ」

「そうか」

それ以上は訊かなかった。訊けなかった。

朝月は自分が死んだと知った時、何を思ったのか。

死ぬ運命から逃れられないと知った時、何を言ったのか。

訊《き》けるわけがない。知りたくもない。

ようやく気づく。俺を襲う苛つきの正体に。

俺はただ、知ろうともしない自分に苛ついているんだ。

「見つからねぇか。もういい、今日は終わりだ。ったく、おまえらも使えねぇな」

「あはは、ごめんなさぁい」

「役に立たねぇようなら新しい死神に変えてもらうぜ。聞いてんのか」

今日も成果が出なかったことに黒崎さんが何か言っている。どうでもよすぎた。

数日後、帰ってきたテストの点数は最悪だった。


そうして俺たちはその後も手紙を探し続けた。

黒崎さんに怒鳴られ続けた。手紙は一向に見つからなかった。

そんな中、俺の心はどこかへ行ってしまっていた。

ふと、とある日の帰り道で朝月の妹さんに会いに行こうかと思った。

でも、すぐにやめた。

朝月のお母さんの顔を思い出してしまったからだ。

朝月のロスタイムが終わった今、妹さんがどうなったのかは知らない。

朝月が事故で死んだと知った時、どう思ったのか、それを知りたくもない。

なくなったのだ。あの日のことは。

お見舞いに行ったことも、プレゼントしたバッグも、何もかも。

夜の空の下、家に帰り郵便受けを漁る。今日もそこには何もなかった。

なぜか母さんの顔を思い出していた。まっすぐに俺を見つめるあの笑顔を。

限界だった。

この世界であがくことに、限界がきていたのだ。

ついに、俺の中の何かが爆発してしまった。

「もういいだろう」

「あ？」

その日。その夜。

俺は、とうとう音《ね》を上げてしまっていた。

我慢の限界だったんだ。この暑さにも、割に合わないバイトにも。

何より、どれだけ考えても朝月の思いがわからないことが、俺を限界まで追い込んだ。

「もういいでしょう。これ以上探しても見つかるわけがない。財布を誰かが拾ったならここにはない。川に流されたなら見つかりっこない。それ以前に、そんな何か月も前の手紙が見つかるわけもないでしょう。なんでこんな無駄なことをしてるんですか」

「てめぇ」

黒崎さんの低い声が響く。やめなければとわかっていた。

でも止まらなかった。止めることが出来なかった。

「こんなことしたって解決しない。それよりも前に進むべきです。息子さんに会いたいなら、会いに行けばいいじゃないですか。その力を使って探しに行きましょうよ。なんで、どうして、こんな無駄なことをしてるんですか。一体この果てに何があるんですか。そうやって無駄な時間を過ごして、結局は息子さんに会う勇気がないから誤魔化《ごまか》しているだけでしょう。何もしていない自分が不安だから、こうやって現実逃避しているだけだろ。そんなものにこれ以上付き合わせるなよ！」

その後も叫び続けた。とめどなく言葉があふれた。

自分がこんなことを言えるなんて知りたくなかった。それでも、自分を止める術がわからなかった。

結局俺も感情でしか動けない。表向きは無難に振舞っていても、最後には本性が出てしまう。父親と同じだ。手を出すか出さないかの違いでしかない。そうやってあの人は前科持ちになった。結局そういう人間なんだ。でも、それでも、この時は言わざるを得なかったんだ。答えの出ない朝月との別れが、どうしようもなく辛かったから。

「………」

俺の叫びに、沈黙する黒崎さんはどう思ったのだろうか。

俺は、間違いなくキレられると確信していた。一発殴られることも覚悟していた。というかもうどうでもよかった。くだらない時間が終わるなら、それでよかったんだ。それでよかった。それで、よかった。

はずなのに。

「まあ、そうだな」

「黒崎さん？」

花森の声が不思議そうに響く。

黒崎さんは、なぜだろうか。予想に反し、夜空を見上げるばかりだった。

とたんに俺の内側がざわついた。とりかえしのつかないことをした気分になったからだ。

結果として、その考えは当たっていた。

間違いなく俺は、取り返しのつかないことを言ってしまったのだ。

「正直に言うよ。俺の人生は惨めなことの繰り返しだったんだ」

「え」

ぽつりと零されるその言葉。

夜の闇を切り裂くよう放たれたその台詞。一瞬、意味がわからなかった。

それを問う前に、黒崎さんは全てを語り出した。

止める間もなく、希望をまるごと捨てるように。

「本当はな、全部嘘なんだよ。仕事一筋なんて嘘。何をやっても長続きしない俺は、小さな工場でバイトをしてはすぐに厄介者扱いされてクビになるのくり返し。あげく働きもせず飲んだくれていた。そしたら妻に愛想を尽かされ出て行かれたんだ。それだけだ」

「――っ」

黒崎さんの告白に、息をのむ。

止めるべきだったのかもしれない。何か言うべきだったのかもしれない。

でも無言で立ち尽くすしかなかった。

「働き過ぎて死んだってのも嘘だ。そんな立派な最後じゃねぇ。スーパーで酒を万引きして酔っぱらって、どこをどうほっつき歩いたんだろうな。気づけば駅のホームから線路に落っこちていた。最後まで周りに迷惑かけてばっかりの男だった」

「他にもあるぜ。会社興した話をしただろ。あれは本当だが、正確には世間知らずのバカが会社興した結果、一年持たずに借金まみれになって潰れたんだ。根性。気合い。何言ってんだろうな。そんなこと考えてる時点で負けなんだよ」

「何もかも嘘ばっかりだ。俺の人生には嘘しかない。高級車の話も嘘。女の話も嘘。友人の話も嘘。俺はガキの頃から友達と呼べる相手がいなかった。当たり前だ。俺自身が何度も身勝手な嘘で裏切って来たんだから。金を借りて、逃げて、ひとりずつ自分から捨てていって。嘘だらけの空っぽの人生が俺の終着駅だ。笑える話だ」

「手紙を落としたってのも嘘だ。でも、まだ五歳にすぎないあいつが、一生懸命書いてくれたのは本当だ。たったひとつの思い出だ。だけどそれも、この河原でヤンキー連中の親父狩りに遭ってな。財布ごと奪われたよ。その数日後に俺は死んだ。人生最後の思い出がそれってのは、なんとも俺にぴったりの話だ」

自嘲するように。

一気に語り終えた黒崎さんは、虚脱交じりの笑みを浮かべた。

悔しさかやりきれなさか、それが意味するものはわからない。

ただわかるのは、この瞬間、黒崎さんがあきらめたということだった。

「もういいや。この辺で終わりにするよ。色々悪かったな」

「ま、そんな」

焦っていたのだろうか。

何か言わなくちゃ。これで終わりだなんて。

引き金を引いたのは自分のくせに、なんとか黒崎さんをこの世界に留めようと必死だった。これで終わりだなんて、絶対にだめだと思って。

その思いは、さらなる後悔を生む。

「待って、待ってください。俺、もっと真剣に探します。だからもう一度がんばりましょう。あきらめないで、もう一度」

「いいんだ。おまえはよくやってくれた。さっき自分で言ってただろ？　もとより見つかるはずのない手紙なんだ。迷惑かけたな」

「待ってくださいって。じゃあせめて息子さんを探しましょうよ。本当は会いたいんでしょう。黒崎さんの力を使えばわかるはずです。俺たちも協力しますから」

「ありがとよ。でもやめておく。息子には会いたくない。これは本心だ」

「……っ、だったらせめてやり返しましょうよ！　あなたを酷い目に遭わせた親父狩りの連中に！　そいつらを見つけて警察に突き出せば」

「いいんだ。あんな奴でも俺の息子だ」

「え」

火が消えた。灯が消えた。

そうわかるほどに、終幕の時が近づいていた。

黒崎さんは最後の秘密を打ち明けた。

《死者》となり、一ヶ月ほど経った頃。黒崎さんは自分を襲った連中に出くわしたのだ。向こうも自分のことを覚えており、ニヤニヤしながら詰め寄ってきた。

その時に見てしまった。

中心にいた男の顔に、妻の姓と懐かしい名前が浮かんでいたのを。

「なんだろうな。もうわかんねぇや。俺はこの半年間、何をしてたんだろう。手紙を見つけたところで時間が戻るわけでもねぇのにな。実は昨日、おまえらが帰った後に、また息子を見かけたんだよ。大人しそうな年寄りに詰め寄り、恫喝《どうかつ》していた。俺は咄嗟《とっさ》に隠れていた。会いたくなかったからじゃない。単純に怖かったんだ。情けない話だ。

でもな、それでも忘れられねぇんだよ。手紙をもらったあの日だけは、間違いなく俺たちは家族だった。あの日、俺たちは釣りに出かけて。あいつに竿を持たせて、でけぇ獲物が食いついたから二人で必死に釣り上げて。あの時、俺がこの幸せを守ろうと躍起になっていたら、違う未来があったんだろう。そんな未来も、死んじまった今はもう手に入らない。妻と息子に謝ったところで、このロスタイムでは何も残せない。だから俺は信じたかったんだ。こんなどうしようもない人生にも、何か意味があったはずだって。あの手紙を見れば、きっと思い出せるって。見つかるわけねえってわかってるのに」

最後の後悔を吐き出し、黒崎さんは「疲れちまったな」と小さく笑った。

命を吹き消すような、あえかな笑顔で。

「嬢ちゃん、俺はもういくよ。あんたも大変なのに世話になったな」

「お疲れさまでした」

きちんと頭を下げる花森に手を振り、黒崎さんは背を向ける。

誰もいない河原の向こうへ歩いてゆく。月のない夜の冥に溶けていく。

見えなくなる。背中が闇にまみれ、消えてゆく。

終わったよ。花森が静かに呟いた。

ポケットをまさぐる。おまけのフィギュアが消えていた。

俺たち以外、誰の記憶からも消えていた。残酷なロスタイムが、今終わった。

何もかもが、終わってしまった。


どれくらいそうしていただろうか。

草むらに座り込み、何かから逃げるよう沈黙し続けた。

虚しさか、悲しさか、どうしようもない悔恨が責め立てる。

ふと呟いていた。

「未練を晴らしたというより、あきらめたようにしか見えなかった」

「そうだね」

俺より数歩下がった所で、花森はいつも通りの声で応えた。

いつも通りの陽気な声。見えないけれど、おそらくいつも通りの表情で。

いつだって強さを失わない輝きに、つい縋《すが》っていた。

「なあ。なんで俺はいつも同じことを繰り返してるんだ？」

囁《ささや》き、気づく。俺は本当に都合のいい男だ。花森をあれだけ疎ましく思っていたくせに、いざ追い詰められるとその花森に縋るんだから。

「知っていたんだ。いつだって大切なものは失ってから気づくって。かつて俺は輝いていた。失って初めてその価値に気づいた。だから二度と繰り返さないって決めていたのに。俺は、朝月に大事なひとことも言えず失ってしまった。後悔したんだ。後悔したばかりなんだ。なのにまた後悔してる。なんでもっとちゃんと手紙を探さなかったんだ。どんな財布を探しているかも訊《き》いてなかった。探す気なんて最初からなかったから」

止まらなかった。後悔は止まらなかった。

とめどなく溢れ出る。涙も出ない薄情者のくせに。

「どうでもよかったんだ。ただ、朝月のことを忘れたくないからバイトを続けて。俺は、取り返しのつかないことをしてしまった。俺じゃなくて、もっとちゃんとした人がここに来れば、こんなことにはならなかったのに」

うなだれる。頭を抱える。夜の月は見えない。もうどこかに行ってしまった。

暗鬱な雲だけが俺を責める。常闇だけが包み込む。

苦しい。吐きそうなほどに辛い。成長のない自分が悔しい。

悔しい悔しい悔しい。

そんな俺に太陽はそっと寄り添う。ふわりと花森は隣に座る。

彼女はいつだって側にいてくれた。

「大丈夫。キミは、ちゃあんと死神の仕事をやりとげたよ」

「え――」

花森は、俺の目を見て優しくそう言った。

かつての苦手意識は不思議と感じなかった。

朝月とはまた別の、確かなやすらぎがそこにあった。

「あきらめたようにしか見えなかったって言ったよね。その通りだと思う。前に《死者》は未練を晴らすことでこの世を去るって言ったけど、本当はね、黒崎さんに限らず、みんな最後はあきらめるの。ロスタイムの中であがきにあがいて、結局は自分の人生にあきらめを見つけるの。黒崎さんのように、もういいや、てね」

花森の顔を見る。彼女は月を見上げた。

雲の向こうの、確かにそこで輝いているであろう月を。

ようやく思い知る。

花森が、ずっと俺よりもたくさんの死を見てきたことを。

「このロスタイムはとても残酷なの。死の運命からは逃れられないし、どれだけあがいても誰かの記憶に残すこともできない。晴らしようのない未練を突きつけて、自分の人生は何のためにあったんだと思わせるものでしかない。神様はこんな不条理な時間を死んだ人間に与える、とっても酷い存在なの」

でもね。

何度でも聞きたくなる優しい音色で、花森は奏でる。

「でもね、私はだからこそ意味があると思っている」

「意味」

こくりと。彼女は頷く。

その笑顔はとても幻想的に見えた。

「何も残せない。誰の記憶にも残らない。そんな意味のない時間だからこそ、このロスタイムでは自分自身と苦しいほどに向き合えるの。これまでの悔いだらけの人生に、嫌というほど向き合えるんだ。それはとても苦しく過酷な時間。でも、どんな人生にも必ず幸せだった時間が存在するの。結果的にその幸せは失われたかもしれないけれど、それでも確かに幸せがあったと思い出せるのなら——それはきっと、未練を晴らすよりも大切なこと。黒崎さんはそれを見つけたの。だからあの世に旅立てた。キミはその手伝いをしてくれた。だからそれでいいんだよ」

「………」

花森の声に耳を傾ける。

遠い世界から響くようなその声に。

「俺は何もしていない」

「隣で手紙を探してくれた」

「見つけられなかった」

「今日まで投げ出さなかった」

自己嫌悪することを許さないとでも言いたげに、花森は強く俺を肯定した。不思議と彼女が本心で言っていると思えた。

花森の言った意味を考える。

そうなんだろうか。正直、よく理解できなかった。

本当にそれでいいんだろうか。きっと花森は死神として、俺よりもたくさんの死に触れてきたんだろう。だからこそ辿り着ける答えがあるのかもしれない。だけど俺にはそれが見えない。だから、やっぱりわからない。何もわからないままだ。

ただ、それでも。

もし花森の言う通りなんだとしたら、俺はやるべきことをやれたんだろうか。

朝月との夜を思い出す。

あいつは俺との最後の時間をどう思っていたのだろうか。

あいつは。

「…………」

　後に振り返るなら。

　この時に抱いた何かが、この先に待ち受ける運命と戦う礎《いしずえ》となったんだと思う。

　俺は、ひとつの決意を固めていた。

「決めた」

「ん？」

「バイト、続けるよ」

「そっか」

「今度は、ちゃんと」

「うん。そうだね」

　かつてと同じ台詞を、今度こそ花森に伝える。

　俺にはわからない。黒崎さんが、本当に人生に折り合いをつけたのかを。

　俺にはわからない。黒崎さんが、本当に納得して旅立つことが出来たのかを。

　だけど、ただひとつわかることがある。

「もう誰も手紙を探していた黒崎さんのことは覚えていない。その想いが息子さんに届くこともない。だったらせめて俺だけでも、黒崎さんのロスタイムから何かを学ばないと。でないと、黒崎さんのロスタイムが本当に意味のないものになってしまう。絶対に、そうはさせない」

「うん」

何度も言うが俺にはわからないんだ。

花森はああ言ってくれたが、やっぱり俺には黒崎さんが納得したようには見えなかった。いつかそう思える日が来るのかもしれないが、少なくとも今はわからない。だったら出来ることはひとつだけだ。

黒崎さんのことを忘れずにいて、そこから前に進むんだ。

そうして《死者》と向き合い続ければ、いつか辿り着けるかもしれない。

雲の向こうに隠れてしまった、朝月の最後の真実に。

「それも、キミのアルバイトが終われば全部忘れちゃうんだけどね」

「だろうな。それでも俺はそうしたいんだ。そうありたいんだ」

「へぇ。そうありたい、か。ふふふ。それすごくいいね」

軽やかに花森は笑った。釣られて俺も笑った。

久しぶりに目が合った気がした。ずっと避けていたその視線は、随分と煌《きら》めいて見えた。

人間は不思議だ。疎ましく思っていたはずの瞳が、こんなに違って見えるのだから。

そして、このやりとりも久しぶりと言うべきだろうか。

「ふっふっふ」

「ん？　なんだ」

「べつにぃ。ただ、やっぱり佐倉くんは私のことが好きなんだなぁと思って」

「は？」

待て。いや、マジで待て。

おまえいきなり何を言ってる。

「待て。どういう流れでそうなるんだ」

「いやいやわかってるから。私と一緒にいたいから続けるってことはわかってるから」

「んなことひとことも言ってないだろ」

「ふふふ。名探偵にはわかるんだなぁ。佐倉くんは顔に出やすいもん。はぁ罪深い」

「出てないって」

「出てるのー。私にはわかるのー」

「出てないから。よく見ろよ」

「どれどれ？」

「ぎゃあ！　近い近い！」

キスでも出来そうな距離まで急接近してきたイタズラ顔に、思わず赤面する。

そんな俺を見て、花森は盛大に笑う。思わず俺も苦笑していた。

肩が軽かった。

本当に久しぶりに、心が軽くなっていた。

それゆえに、だろうか。

魔が差したというのは、こういうことを言うのかもしれない。

気づけば俺は、訊《き》きそびれた質問を投げかけていた。

「なぁ花森」

「なあに」

「おまえは、どうしてこの仕事をしているんだ」

優しい沈黙が横たわる。彼女の横顔に、不思議と安心していた。

ずっと気になっていた。どうして花森がこの仕事をしているのかを。

何か困っているようには見えない。どうしようもない人生を過ごしているようにも見えない。いつだってクラスの中心にいる人気者。でも、彼女は間違いなく死神だ。

なぜ。どうして。その疑問が俺の中から消えなかった。

「私は、ううん、そうだね。あらためて訊かれるとなんでだろうね。お金に困っているわけでもないし、この仕事を特別気に入ってるとかでもないよ。んー、たぶん私は」

彼女は優しい笑顔で告げた。

どこか遠い世界まで届けるように。

「どうしても叶えたい願いがあるのかな。どうしても、どうしても」

「そうか」

この時、俺ははじめて花森のことをもっと知りたいと思った。

月のない夜に、星がざわめく。騒がしい夜だった。

結局、願いが何なのかを花森は明かさなかった。

不思議と知りたいと思わなかった。たぶん俺は、いつか知ることになると感じていたんだ。そんな時が、この夜のどこかに訪れると確信していたのだ。

この、愛おしい夜のどこかで。

三章　無償の愛

夏休みというものにそこまで楽しい思い出はなかった。

サッカーをやっていた頃は暑いとしか思わなかったし、足を怪我した後は皆への羨望しか感じられなかったからだ。

そういう意味では今年の夏休みは充実していると言えるのだろう。

なにせクラス一の美人と水着で戯れているのだから。

「あはは！　佐倉くーん、水が冷たくて気持ちいいよ！」

「そうか。よかったな」

陽気に騒ぐ花森に、プールサイドに腰掛けながらそう返す。掌《てのひら》にはプールサイド独特の感触と熱さが伝わり、無性に夏を感じさせた。

さて本日。

夏休みも四日ほど過ぎた頃。俺と花森は市民プールへとやって来ていた。

辺りは人、人、人の渦。陽気な音楽に子供たちの笑い声が混ざり、隣接する遊園地からはコースターの轟音が響く。まさに夏休みに相応しい騒がしさだった。

なぜこんなところにいるのかというと、自分でもわからない。

覚えているのは昨晩、突如電話がかかってきたことだ。

『やっほー佐倉くん。お母さんがプールのチケットくれたんだけど、一緒に行かない？』

『え、どうして。一緒に行こうよ』

『ははぁ。さては佐倉くん、照れておりますな』

『そっかそっか。佐倉くんは女の子の水着姿に照れてますか』

『そういうところがやっぱり……おっと、ここから先は言わないでおくよ。ぐふふ』

ムキになった俺を誰が責められよう。結果的にそれは悪手だった。

その後の会話は思い出せないが、気づけば『楽しみにしてるぞ』と告げられ、訪れた本日。暑い中外出させられ、給料二日分の水着を買わされ、連れられるままここにいるというわけだ。してやられた気分である。どうも俺は女の尻に敷かれやすいらしい。

一方で、そういった自分に慣れつつあるのも自覚していた。

というのも死神のバイトは仕事がない日は普通に休日となるので、ここ数日は暇を持て余した花森によって、あっちに連れられこっちに連れられ、まさに接待に付き合わされるサラリーマンと化していたからだ。とことんブラックであることを認識する。

「やっぱり夏はプールとたこ焼きだねー。ほら、佐倉くんもおいでよ」

そんな俺の気も知らず、水着姿の花森はプールに浸り楽しそうにしている。何でたこ焼きと思いながら、プールサイドにてぼけっとする。

特に意味はない。強いて挙げるなら、夏の太陽の下で物思いに耽《ふけ》りたかったからだ。

「今日で黒崎さんを送って一週間か」

ぽつりと呟き、ここ最近の自分へ思いを馳せる。

黒崎さんが消えた日より、俺はあらためてアルバイトを続ける覚悟を決めていた。

理由はたくさんあるが、一番はやはり黒崎さんへの償いである。

花森はああ言ってくれたが、やっぱり取り返しのつかないことをしたと思っている。ゆえにだろうか。あのロスタイムを無駄にしないためにも、アルバイトを真剣にこなそうと強く思えたんだ。

そのうえで、朝月のことは一旦置いておくことにした。

もちろん真実を知ることをあきらめたわけではない。バイト開始から半年後の十二月下旬に、全ての記憶を失う恐怖を乗り越えたわけでもない。それでもあの夜のことを思い返すうちに気づいたこともある。それは、あいつが確かに笑っていたということだ。

黒崎さんがこの世を去った時、花森は言った。《死者》はみんな未練を晴らせず、最後はあきらめると。そのうえで終わった人生に意味を見出そうとすると。それが事実なら、朝月も彼女なりの生きた意味を見つけたはずなんだ。俺は、それが何なのかを知りたい。

今は全くわからないけれど、このバイトを通して《死者》と触れ合い続ければ、いつか答えがわかると信じている。それゆえの、意味のある後回しだった。

（そして、もうひとつ）

もう随分とついでのような扱いになってしまっていたが、このバイトを始めたきっかけである、五万を貯める目標もあらためて自覚する。

どんな願いも叶える話はどこまで本当かわからない。だけど、お金に関しては間違いなく貯まっている。一応この一ヶ月で一万五千円は貯まった。このペースなら目標は果たせそうだ。その金を使って、過去にひとつ決着をつける。そんな決意も再度固めていた。

といった具合に、随分と長くなってしまったが、この数日で自分の頭を整理することができていた。遠回りしたけど、その分決意の固さは明確だった。

二度と後悔しない。そう、素直に誓えていたのだから。

「んもう、佐倉くんてば。一緒に泳ごうよって言ってるのに」

「ああ、悪い」

そんな俺を、不意に現実へと戻す声が掛かる。花森だ。

いつの間にかプールからあがっていた彼女は、セパレートの大胆な水着姿にて俺を見下ろしていた。濡れた肌のせいか、思わず見惚れる顔立ちのせいか、周りの注目を集めているのが雰囲気でわかった。俺は目を細め、なんとなく押し黙る。

俺と花森の関係は、概ね良好というのがここ最近の流れだ。

以前は俺の荒れ具合もあって、まともな会話もなかったが、今はそれなりの関係へと戻っている。もともと花森はどんな時でも明るい快活少女だ。結局、こっちがどう接するかだけの話なんだろう。そう考えると今までの自分が恥ずかしくなる。少し反省する。

ただ、とはいえ。とはいえだ。

だからと言って、恋愛感情があるわけではないことはことわっておく。

これだけ共に行動していれば誤解もあるようで「最近私たちクラスメートに噂されてるらしいよ」と花森はニヤついていたが、それこそどうでもいい。本当に付き合っているわけではないし、実際は死神仲間という奇妙な関係でしかないのだから。なんというんだろうな。俺たちの関係はそんなものではないんだ。

悪友？　腐れ縁？

しっくりくる言い回しが見つからないが、秘密を共有する二人特有の居心地の良さがあったのだ。そりゃまあ何だかんだでクラス一の美人なんだから、水着姿で並ばれると思うところもあるのだが。それでも違うんだ。ただ、俺と花森は——。

「とおりゃあ！」

「おわあ!?」

と、そこで。シンキングタイムは唐突に終わる。

理由は簡単。蹴落とされたからだ。

繰り返す。蹴落とされたからだ。

「もう佐倉くんてばぼんやりしすぎ。そんなに私にフられたことが悲しいのかな？」

「は？」

水面から顔を出しながら、謎の言語を発する花森に面食らう。

面食らってる暇があるなら黙らせるべきだったと後悔する。

「そうだよね。かわいい女の子とすてきな夏を過ごしたいのは男の子の夢だもんね」

「でもごめんね。告白断っちゃって。今どきラブレターってどうかと思って」

「でもでも、そのお詫びにデートしてるんだからべつにいいよね。一回だけって土下座までされたら私だって断れないもん」

「というわけで佐倉くん。しっかり私の水着姿を焼き付けたまえ。これで寂しい夏をしのぐんだぞ！」

「…………」

……まあ、これくらいの悪ふざけは花森なんだからよしとしよう。捏造《ねつぞう》にもほどがあるが、いつものことと割り切ることはできる。

ただ、問題はそれを人ごみのど真ん中で言ったことである。

案の定、ガキ共には「元気出せよ」と絡まれるし、女子大生にはくすくす笑われる。

花森。先ほどの発言を訂正しよう。恋愛感情はないどころか、おまえは敵だ。

敵を前にすることなんて決まっている。

「おらあ！　くらえ！」

「おわっぷ⁉　あはは！　この、佐倉くんめ！」

思い切り水をぶっかける。花森はもろに顔面に食らい、悲鳴をあげる。ざまあみろと思った次の瞬間、俺はドロップキックを食らっていた。こいつの足技の充実具合は何なんだ。

「飛び込み禁止でーす」と、監視員のやる気のない声が届く。沈む俺はそれどころではない。俺より時給を貰ってるんだろうから、もうちょいやる気出せよという台詞が脳内に浮かぶ。同時に、今日は死ぬほど遊んでやると高揚していた。

「覚悟しろよ花森」

「ふっふっふ。ヘタレの佐倉くんに私を捕まえられるかな？」

「現役時代、俊足ＦＷと恐れられた俺の力を見せてやる」

「じゃあ鬼ごっこしよ。相手の胸にタッチしたら交代ね。よーいスタート」

「ああ……あああ⁉」

「さぁどうした佐倉くん。顔が赤いぞ？　うししし」

「てめえ」

周囲に笑われながらの鬼ごっこは、当然ながら俺が鬼のままに終わった。

真夏の太陽は、どこまでも眩しかった。

そんなこんなで日が暮れるまで遊び惚けた。帰り道はプールあがり独特の浮遊感に包まれていた。心地よい気怠さにバスの中で眠ってしまいそうだった。

バスを降り、ぼんやり歩く俺は花森に何気なく訊《たず》ねていた。

「で、次の任務はどうなってるんだ」

「今のところ指示は来てないよ。これぱっかりはしょうがないかな」

「やる気を出した途端にこれだからな。こっちで勝手に《死者》を探すのはダメなのか」

「あはは。それは無理だよ。探す方法がないもん」

花森の話を聞きながら、一体どこの誰が指示を出しているのか疑問に思っていた。

考えてもわからんが、この世界を不思議たらしめる存在は、やはり気になるものだ。

「ただ――」

そんな疑問はさておき、花森が興味深い話を始めた。

「私たちが《死者》を見つけることは出来ないけどね。《死者》同士なら、お互いを見つけることが出来るって聞いたことがあるよ」

「そうなのか？」

花森は立ち止まり、例えばねと言いながら指をさす。

「佐倉くんと組む前の話だけどね。私が担当していた《死者》とここを歩いていたの。そしたらその人が言ったんだ。『私と同じ子がいる。あの子も《死者》だ』って。あの子、いつもここにいるんだけど、まだあの世に行けていないんだね」

「……へえ」

花森が示す先にいたのは、道端で佇むひとりの少年だった。

歳は十歳くらいだろうか。くたびれたサッカーボールを抱え、虚ろな目で地面を見つめている。ずっとそこにいただろうに、言われるまで気づかないほど微動だにせず。この暑いのに日陰に隠れもしない少年からは、得も言われぬ侘《わび》しさが漂っていた。

(あの歳で死んだのかよ)

事情は知らないが、花森の語り口だと以前から未練を晴らせず、あそこに佇んでいるようだ。どんな未練があるのかはわからないが、悲惨なロスタイムであることは容易に察することができた。見るんじゃなかったと息苦しくなった。

「あの子はいいのか。放っておいて」

「他の死神の担当だからね。そっとしておこう」

「手伝うべきじゃないのか」

「うーん、気持ちはわかるけどやめておこっか。一応ね、死神ごとに担当する地域や《死者》の傾向が決まってるって聞いたことあるから」

納得のいく回答ではなかったが、そう言われてしまえばどうしようもない。そうかと呟き、少年に背を向け歩き出す。

そして考える。一体この世界に《死者》はどれくらいいるのかと。

どうも世界には思った以上に《死者》が溢れており、それに伴いロスタイムが存在しているようだ。ということは、俺たちも知らない内に《死者》と出会い、そのロスタイムを生きている可能性があるということだ。

知らない内に《死者》と出会い、記憶を忘却する。

朝月の友達がそうであったように、俺も誰かの最後を忘れているのだろうか。そう考えると、この世界がどうしようもなく虚しいものだと思えてしまう。一体、このロスタイムは何のために存在するんだろうか。疑問は止まらない。

「今日は遊んでくれてありがと。佐倉くんと一緒で楽しかったよ。またね」

「ああ、またな」

いつもの分かれ道に来たところで花森が手を振るので、それに倣う。何だか彼氏彼女みたいで恥ずかしくなる。花森は外見だけは美人なせいで、どうしても女であることを意識してしまう。夏に相応しい薄着のノースリーブ姿がそれを加速させた。

そんな感じで本日は家に帰ることとなった。

休日なので収入はなく、水着のせいでむしろ赤字だ。それでも不満を抱かない程度には花森との時間をそれなりに過ごせていた。

アパートに戻り、玄関のカギを開けながら深呼吸する。

視線を逸らしながら、右手で漁る郵便受けには今日も何もなかった。

希薄な吐息と共に部屋に入る。俺はこの作業をあと何回行うのだろう。

その日のシャワーは日焼けのせいで中々の地獄だった。


そんな夏に始まる次の任務は、まさにロスタイムの意味を強く教えるものとなる。

同時に、俺の過去と向き合う大きなきっかけともなるのだ。

その後、二日ほどだらだら過ごし、ようやく事態は動き始める。

早朝に花森より入った電話で、次の任務が開始したのだ。


「わざわざ来ていただきありがとうございます。私は広岡加奈《ひろおかかな》。この子は智明《ともあき》です。よろしくお願いしますね」

花森より電話があった翌日のことだ。

南の方では台風が来ているらしいが、この辺には特に影響のない昼下がり。

訪ねたのは、とあるマンションの一室だった。

「こんにちは広岡さん。こちらが昨日お話しした佐倉くんです」

「佐倉真司《しんじ》です。よろしくお願いします」

出迎えてくれたのは、ごく普通の女性だった。

歳は二十代後半だろうか。穏健な笑みに柔らかな口調もあり、優しそうな雰囲気の人である。腕に抱える生後四か月位の男の子が、さらなる和やかさを与えてくれた。この人が《死者》であることを忘れてしまいそうな、平和な光景だった。

「先に言っておきますね。ロスタイムを終わらせるにはどうすればいいか、私自身もわからなくなっているんです。どうぞお入りください」

困ったように笑う広岡さんは、俺たちを室内へと招き入れた。

ロスタイムの説明は、既に他の死神が済ませたそうだ。俺たちはその死神が未練を解決できなかったので、後任となったのである。昨日、その説明をひと足先に訪れた花森が行った。俺が同席しなかったのは、女性との初対面に配慮したからだ。

このバイトには引き継ぎというものがなく、手紙で今日から誰それの担当という指示が来るのみらしい。ゆえに昨日、花森は広岡さんより彼女の事情について聞いたそうだ。本日、広岡さんはあらためて俺のために説明してくれるとのことだ。

紅茶を受け取りながら、真剣に耳を傾ける。

「どこから話しましょうか。私は、どうしようもない人生を過ごしていたんです」

「……」

「ふふふ。大した話ではないので、リラックスして聞いてくださいね」

「あ、えと、すみません」

「佐倉くんてば美人に囲まれてるからって力み過ぎ。人妻趣味はまずいよ？」

「おまえホントそういうのやめろって」

さりげなく自分も美人に含めやがって。

思わず赤面するも、くすりと広岡さんが微笑んでくれたおかげで肩の力が抜けた。

不本意ながら、つっこんでくれた花森に感謝する。

「私の家系はあまり幸福には恵まれなくて。両親に先立たれ、親族も絶え、ひとりで身寄りのない日々をずうっと過ごしてきたんです」

そこから始まる話は、中々に救われないものだった。

「私は小さい頃から病弱でした。入院することも多く、稼ぎの少ない職を転々としていたんです。あの頃は何のために生きてるんだろうと考えていました。ですがある日、今の夫と出会ったことで人生が変わりました」

知り合いの紹介で出会った男性は、呼吸器系の医者だったそうだ。

その人は大きな総合病院に勤め、収入も安定しており、何より穏やかで優しかった。その人柄に惹かれた広岡さんは、半年ほどの交際を経て結婚。かねてより欲しかった子供がお腹に授かることで、幸せの絶頂にいたそうだ。

が、しかし。

「出産を間近に迎えた時に起こってしまったんです」

常位胎盤早期剥離《はくり》。

それが広岡さんの命を奪った病名だ。

「身体の弱い私は、出産のリスクを覚悟していました。お医者様からも随分と心配されたものです。でも、どうしても子供が欲しかったんです。天国のお父さんたちに孫の顔を見てもらいたかったから。だから、いざ症状を発症してしまった時も産みたいと強く望み、覚悟しながら出産に挑みました。覚悟はしていたんです。いたんですが」

まさか《死者》になるとは。

広岡さんは困ったように笑った。

「でね佐倉くん。それが原因で、広岡さんの未練がちょっと難しいものになってるの」

「難しいもの？」

「はい。私の未練は、この子が無事に生まれたかどうかを知ることなんです」

「え？」

驚く俺に、広岡さんは説明する。

出産間近に症状を起こしてしまった広岡さんは、お医者さんと相談した結果、帝王切開にて出産を行うこととなったそうだ。

だけど広岡さんは出産途中で亡くなってしまった。

しかし幸か不幸か彼女は《死者》となり、ロスタイムが始まり、そこでは手術は成功。赤ちゃんも無事に生まれた偽りの歴史が始まってしまった。

それゆえに広岡さんは本来の歴史にて、無事に赤ちゃんが生まれたかどうかがわからなくなっているのだ。

「このロスタイムでは母子ともに健康です。ですがロスタイムが終わった時にこの子がどうなるのかはわかりません。この症状では、赤ちゃんの死亡率は場合によっては五十パーセントを上回ると言われています。そのことを考えた時に、気づいたんです。私の未練は、この子が無事に産まれたかどうかを知ることだと」

「はあ……」

「ふふ。無理難題でごめんなさいね。佐倉さん」

「あ、いえそんな」

慌ててごまかすが、見透かされた通り、心境は無理難題の一色だった。

本来の歴史がどうなっているかをロスタイム中に知ることは一切できない。よって、これは絶対に晴らしようのない未練なのだ。前任の死神が匙《さじ》を投げたのも納得である。

「どうかな、佐倉くん。何かパッと思いついたアイディアはある？」

「アイディアねぇ」

一通り現状を把握した後は、花森としばらく意見を交わした。正直、答えは出ないと思っていた。あくまで広岡さんの手前、前向きな姿勢を見せるためのやりとりである。

時間は過ぎ、やはりアイディアは出なかった。

そうこうするうちに、寝ていた赤ちゃん——智ちゃんが泣き始めたことで大騒ぎとなった。広岡さんがミルクを温める間、俺があやすことになるも、生まれて初めての抱っこがうまくいくわけもない。広岡さんは俺たちを見て微笑んでいた。

そんな感じで過ごすうちに日も暮れてきたので、今日はお暇することとなった。旦那さんには一切の説明をしていないので、鉢合わせするわけにいかなかったのだ。

「あっ」

帰り際、大事なことを訊《き》いていなかったと思い出す。

「広岡さん。差し支えなければ、死者の力について教えてもらえますか」

《死者》が未練を知り、解決するための最大のヒント。

肝心なことを訊き忘れていたので、玄関で振り返りつつ訊《たず》ねてみた。

「そういえば佐倉さんには言ってませんでしたね。私の力は、声を聴くだけでその人の嘘を見破る力です。昨日、花森さんの前でもいくつかやってみせました」

「……へえ」

直感というのだろうか。この時、俺は小さな違和感を抱いていた。

ただ、その違和感を形にする前に花森が余計なことを言い出した。

「というわけで佐倉被告人。最後に実験して帰ろっか」

「何が、というわけだ。しなくていい。つうか何の被告人だ」

「私の質問に全部いいえで答えてね。広岡さんは、嘘なら首を横に振ってください」

「しなくていいってのに」

「第一問！」

「おい！」

「うふふふ」

広岡さんが優しいのをいいことに、花森は勝手に質問大会を始める。

ったくこいつは。

「まずは小手調べから。佐倉くんは花森さんのことが好き？」

「小手調べの割に直球すぎないか」

「それは答えたくない照れの意思とみていいのかな？」

「んなわけあるか。『いいえ』だ『いいえ』」

花森は広岡さんを見る。広岡さんは首を縦に振る。

つまり嘘ではない。当然だ。べつに俺たちの間に恋愛感情はないのだから。

「ふうん……まあ佐倉くんは人妻趣味だもんね」

「それやめろってのに」

「第二問！　次も軽いジャブだよ。佐倉くんは巨乳好き？」

「ストレートパンチじゃねぇか」

「それは答えたくない照れの意思とみていいのかな？」

「違うっつうの。それも『いいえ』だ」

再び花森は広岡さんを見る。広岡さんはなぜか俯き、肩を震わせていた。

いやいや待ってください。なんですかその反応は。

「はぁもう、佐倉くんてば男の子なんだから」

「いや待て待て。違うって。まだ審議中だから」

「だからこないだプールでも……まあここから先は言わないでおくけど」

「それほんと腹立つからやめろって」

「じゃあ言っちゃうよ？　ビキニのお姉さんがいたけど、結構チラ見してたよね」

「『いいえ』！」

「くっ……ふふ」

「ちょっと広岡さん。お願いですから頷いてくださいって」

という風に大騒ぎしていたら、再び智ちゃんが泣き始めたので今度こそお暇することにした。別れ際に広岡さんが「仲が良いんですね」と笑っていたが、割と真剣に苦言を呈《てい》したい気分だった。

帰りの電車でも終始笑いこけていた花森に悪態を吐きながら、その日のバイトは終了となった。家に帰りカギを開け、本日も深呼吸。郵便受けに何もないことをチェックし、ため息を吐きながら靴を脱ぐ。

疲れた。本当に疲れた。

とりあえず寝てしまおうと思った。その日のシャワーも若干の地獄だった。

夜は静かに更けていった。


そうして迎えた翌日。

気分をリセットした俺は、辻褄が合わないと思っていた。

「嘘がある?」

「ああ」

夏休みに入ったことで昼過ぎにはアパートに来るようになった花森を迎え、1200円を受け取り、早出だろうが残業だろうが、頑として四時間分の給料しか払われないバイトに逆に吹っ切れた俺は、近所のファミレスで花森にこんな話をしていた。

「死者の力は未練に関わると言っていたよな。嘘を見破る力ってのは、赤ちゃんの無事を知りたいと願う未練から外れてると思うんだ」

「ふむふむ。確かにそうだね」

コーラで喉を潤しながら続ける。

死者の力と未練に繋がりが見えない。これはつまり、広岡さんが死者の力、もしくは未練のどちらかで嘘を吐いている可能性があるということだ。

昨日行った能力の実証は、花森のせいであやふやになってしまったが。しかし花森いわく一昨日に行った実験では、確かに嘘を見破る力で間違いなかったそうだ。ということは、消去法で未練が嘘ということになる。そんな推理を繰り広げていた。

「なるほど。確かに佐倉くんの言うようにズレを感じるね。そっか。未練に嘘か」

ストローを咥えたまま考え込む花森に、興味本位に訊《たず》ねてみる。

「おまえが今までに見た死者の力には、どんなのがあったんだ」

「うん？　そうだねえ、手を触れずに物を動かすものから、誰かの過去を覗き見る力まで、色々あったかな」

花森の答えを聞きながら、ついでにいつから死神をやってるんだと訊ねようかと思ったが、それは次の機会でいいと思ってやめておいた。

「凄いのもあったよー。触れたものを透明にするとか、自由に雨を降らせるとか」

「ほう。そいつはすげぇな」

「私が知ってる中で一番凄いのは時を止める力かな。自分以外の時間を止めたり、止まった世界で誰かに触れれば、その人の時間停止だけを解除したり出来たんだから」

「はあ……マジかよ」

予想外に派手な力に驚く。

どうやら俺が地味な力ばかり見てきただけで、世の中には色んな力があるようだ。

「そんな感じで色々いたけど、でも未練と無関係って人はいなかったかな。だから佐倉くんの言うように、広岡さんの未練に嘘があるという推理は当たってると思うよ。明らかに関連性がないもん」

花森の話に頷きながら、考える。

やはりこれらの話を総合しても、未練に嘘があるのは間違いなさそうだ。では、本当の未練は何なのか。それを知る手がかりこそ嘘を見破る力だが、はっきり言って情報が少なすぎる。手詰まりか、とコーラを飲みながら小さく零した。

（…………）

しかしこの時。

手詰まりと言いつつ、実はほんの少しだけ引っかかる感覚を覚えていた。

何だろうなこれは。正直、自分でもよくわからない。

よくわからないけど、それでも広岡さんの姿が俺の中の何かに重なったのだ。じっくり考える必要があると思うほどに。

そんな思いがあったからだろうか。

「花森。今回の仕事はさ、俺に仕切らせてもらえないか」

「うん？　いいけど、どうしたの急に」

「なんとなくだ。今回はちゃんとやりたいんだよ」

「その言い方だと、これまではちゃんとやってなかったみたいだよ」

「ああ、だからこそだ」

花森の軽口を流す程度の余裕は、もう取り戻せていた。

俺の宣言に、花森は「へえ」と微笑み、頷いてくれた。

そこには何か、勇気をくれる頼もしさがあった。

「うん、わかった。そういうことなら応援するよ。共にがんばろうぞ、佐倉隊員！」

「おう」

男らしく拳を伸ばす花森に、右手をこつんと合わせた。


といった具合に気合いを入れたものの、では何か作戦があるかというと何もなかった。

なのでまずは、世間話の中から探ることにした。

数日ほど、俺たちは広岡さんの家を訪ねては何をするでもなく智ちゃんをあやした。何かきっかけを掴むためと広岡さんには説明した。乳児を抱える彼女にとって、迷惑にならないかが懸念だった。だが、それは杞憂《きゆう》だった。

「是非《ぜひ》毎日いらしてください。この子を抱いてくださるだけでも大助かりですから」

その言葉がお世辞でないとわかったのは、赤ちゃんを育てることは死ぬほど大変だと実感したからだ。

まあ何と言っても赤ちゃんというのはとにかく泣く。抱っこしないと泣く。お腹が空くと泣く。夕暮れになるとなぜか泣く。

その度に抱っこするのだが、八キロ近い智ちゃんを宥《なだ》めるのは結構な力仕事だ。広岡さんは腱鞘炎になったらしく、手首に包帯を巻いていた。それらを考えるなら、確かに赤ちゃんを抱いてくれるだけでもたすかるのだろう。くたびれながら、そう感じていた。

「いくぞぉ智ちゃん。いないいないない、んばあー」

「全く見てないぞ」

必死にあやすも、花森ですら見向きもされない。俺に至っては論外だ。

一向に泣き止まない智ちゃんに途方に暮れるしかなかった。

「智ちゃん。お兄さんとお姉さんが遊んでくれてますよ」

「あ、笑った」

ただ、それでも広岡さんはさすがだった。

彼女の顔を見るだけで、智ちゃんはにこりと笑うのだ。

「手芸が趣味でして。この編みぐるみを見ると、喜んでくれるんです」

「へえ。智ちゃんは鳥さんが好きなんですね。ふふ、かわいい」

どうやっても泣き止まない時は、広岡さんがお手製の燕《つばめ》さんを頭上に召喚する。

すると智ちゃんはぴたっと泣き止み、じいっと見た後に両手を広げ、はばたくようなポーズをとる。そして「あー」と声を出して笑いだす。それを見る度に、母は強しという言葉が頭を駆け巡った。

という風に、本日も情報は得られず、お暇する時間になったのだが。

そこで交わされたふとした会話が、ようやくの手掛かりとなった。

「じゃあね、智ちゃん。キミのパパが帰って来る前にお姉ちゃんたちは退散するよ。美人のお姉ちゃんに遊んでもらったこと、パパには内緒だぞ」

花森が智ちゃんに向けたそんな台詞。

それが、広岡さんの控え目な笑みを崩したのだ。

「あの人は今日も遅いと思いますよ。佐倉さんたちがよろしければ、もっと遅くまでいていただいてもいいんですよ。この子も喜びますから」

「いえ、悪いですから。それに旦那さんに見つかると説明が大変でしょうし」

「どうでしょうか。あの人は気にもしないと思いますよ」

思わず無言になった俺の反応に、広岡さんは、はっとした顔になる。

失言だと気づいたのだろうか。

「すみません忘れてください。大丈夫です。夫は私を愛してると言ってくれますから」

「……はい」

手掛かりと呼ぶには十分すぎた。

「つまり、旦那さんが浮気してるってこと？」

「浮気かは知らんが、どうせその辺だろう」

その日の夜。夏の星座が大きく踊る時間帯。

駅より徒歩で帰りながら、本日得た情報について俺たちは話していた。

ようは、広岡さんたちは仲睦まじい夫婦だった。だけど死者の力を得たことで、夫の嘘を知ってしまった。それゆえに不満を抱えている。そんな推理だ。

「ふむむ。でも、それだと未練にどう関わるかまではわかんないね」

「まあそこはこれからの調査次第だろう」

夫婦。浮気。調査。

なんだか交わされる言葉がドロドロしてきた。思わずため息が出る。

そんな気分を知ってか知らずか、花森はこんなことを言い出した。

「ちなみに佐倉くんの家はさ。親が浮気した、とかそういうのあった？」

「ん、俺ん家か？」

俺の家庭事情を知りながらの質問は、随分と踏み込んだ行為だった。

とはいえ今更不快感はない。これくらいのことは平気で話せる仲なのだ。

夜天《やてん》を見上げながら淡々と答える。

「うちは全くなかったな。親父は名が知られてる割には遊んだりしない性質《たち》でさ。母さんも若くてアクティブな人だったけど、浮気とかそういうのはなかったよ」

いつだったか、週刊誌にすっぱ抜かれた議員が「政治家は愛人を作って一人前だ」と叫んでいた。死ぬほどマスコミに叩かれていたが、我が家ではそのニュースが出る度に「だからあなたは一人前になれなかったんだ」と母さんが笑うのが常だった。

そんな冗談を言い合える程度には和やかな家庭だった。

「へえ。佐倉くんのお母さんて若い人だったんだ」

「二十歳の時に俺を産んだ」

「若っ」

「だろ？　親父はその時、三十七だ」

「おおーっ！　お父さんやるじゃん」

「相当いじられたらしいぜ。おまえはひとりの女の人生を狂わせたって」

笑いながら過去を振り返る。

まぁ良くも悪くも狂わせたのは事実だろう。

当時大学生だった母さんは、結婚を機に退学して専業主婦になった。

「デザイナーになるのが夢だったの」と母さんは言っていたが、その夢をあきらめるほどだ。金に釣られる人ではなかったから、よっぽど親父との結婚に惹かれたのだろう。「夢を捨てたのは惜しいけどね。でもあんたが産まれてくれたから、どうでもいいかな」と笑っていたのをよく覚えている。

当時は深く考えなかった。

でも、今でも覚えている程度には嬉しかった。

母親が持つ無償の愛が嬉しかったんだと思う。テレビで芸能人の離婚話が出る度に、母さんが「あんたは絶対お母さんを選んでね。お父さんを選ぶなんて嫌だよ」と茶化し、親父を苦笑させていたのが面白かった。あの頃は、本当によく笑う家族だった。

「そっかそっか。いいお母さんだったんだね」

「ああ」

「仲良しだったんだ」

「そうだな」

一通り花森と話し終えた後、考え込む。

この間抱いた不思議な引っかかり。それはもしかして、広岡さんが俺の母さんと同じなのではという考えが、ふと生まれていたからだ。俺を愛してくれた、あの母さんと。

（いや、まさか……な）

だけどすぐに考え直す。広岡さんが母さんと同じなわけがないと。

余計な考えはやめよう。今は目の前に集中すべきだ。

「花森。ちょっと数日、別行動をとろうか」

「え、そう？　いいけど、ぼっちで大丈夫？」

「ひとりで大丈夫？　と訊《き》いてくれ」

ふざける花森をさておき、作戦を告げた。


翌日から五日かけて行ったのは、実にシンプルな調査だった。

花森は広岡さんの家を訪ね、智ちゃんの世話と世間話に花を咲かせる。

その間に俺は、いわゆる張り込みをした。

さり気なく広岡さんより訊き出した、旦那さんの勤め先である総合病院を訪れ、ひたすら駐車場を監視。病院のホームページに載っていた顔写真を頼りに、オーソドックスな浮気調査を始めたのだ。

はっきり言ってこれらはかなりの苦行だった。

花森から借りた自転車があるとはいえ、この暑い中、車を追いかける、屋外で隠れて見張るの繰り返しだ。怪我した足は酷使する度に悲鳴を上げ、炎夏の太陽はとにかく地獄の苦しみを与えてくれた。でも、その甲斐あって成果は得られた。

「最初の四日は見失ったけど、今日は信号が味方してくれてな。ばっちりだ」

「あらら。ほんとに浮気してたんだ。これだから佐倉くんは」

「何で俺が責められてるんだ」

その日の夕方。尾行を終えた俺は、散々手紙を探し回った河原にて花森と合流していた。草むらに腰掛けながら報告する。

結論から言うと予測通り、旦那さんはもろに浮気していた。

たった五日の張り込みで現場を目撃。ここからわかることはひとつだ。

「いくらなんでも、あからさまずぎるだろ」

正直、うまく行きすぎだ。普通の学生が、たった五日で証拠を掴めるなんて。

これはもう隠す気がないと言った方がいいだろう。つまり。

「旦那さんは広岡さんにバレるのを問題としてないってこと？」

「だろうな。そして広岡さんは、それを見て見ぬふりしている」

自分で言いながら気落ちする。花森も似た気分だったのだろう。

日が沈みかける河原を見渡しつつ、彼女は言った。

「よくわかんないね。あんなにかわいい赤ちゃんがいるのに、愛人をつくるなんて」

「まあな」

花森の呟きに、心底同意する。

今まで俺は赤ちゃんを見ても何も思わなかった。しかしいざ世話してみると、かわいいなんてもんじゃない。涎《よだれ》でべとべとになるのも、まあいいかと思えるほどだ。

だけどあの旦那にとって、智ちゃんはそういう対象ではない。それはようするに、あの旦那が子供を欲していなかったということを意味している。

納得はいかないが、世の中には理解できない奴がごまんといるのも事実。

そう考えるなら、稼いだ金を愛人に費やす奴がいても不思議ではないのだ。

「なあ」

この時、少し勇気を出して花森に訊《たず》ねていた。

「花森。おまえの両親も離婚してるって聞いたことがあるけど、今回の件で思うことがあったりしないのか」

「ん？　あれ、佐倉くん知ってたの？　私の家のこと」

意外そうに驚く花森に、少しほっとした。

無言にでもなると気まずいからだ。

「クラスの男子が噂してるの聞いたんだ。小学生の時に苗字が変わったたって」

「あはは。そっかそっか。知ってたんだ。じゃあ隠す必要もないね」

無邪気に笑いながら花森はそう言った。

どうしてこんな質問をしたのか、自分でもよくわからなかった。

ただ、なんとなく無意識に察していたのかもしれない。

こいつも、俺と同じなんじゃないかと。

「私が小学生の時に離婚してるの。お父さんが病気で、介護とか色々難しいことになっちゃってさ。それで話し合いの末、離婚したんだ。お父さんはその後死んじゃったけど、円満に別れたからお葬式にも行ったよ。だから、ヒントになることはないかな」

「悪い」

「ふふふ。佐倉くんだから許してあげる。きゃー意味深！」

花森のおふざけはさておき、彼女の話は想像とはだいぶ違うものだった。

その後も花森は、お母さんとは仲良くしてると言っていた。花森のお母さんはばりばり働くキャリアウーマンで、お金にも特に不自由はしていないそうだ。一緒にショッピングに出かけたり、ドラマを見て笑いあったり、充実しているのだとか。

「佐倉くんも、お母さんとはすごく仲が良かったんだよね」

「ああ、まあな」

「じゃあ、私と同じだね」

「おう、そうだな」

花森のいつもの笑みに、釣られて微笑んだ。

そっくりだ。本当にそっくりだ。俺とおまえは間違いなく似ている。

思い出す。死神ごとに担当する《死者》の傾向が決まっているという話を。

思い出す。母親にもひとつの人生があると知ったあの日のことを。

まさか、そうなのか。

本当に広岡さんも俺の母さんと同じで――。

「別行動は今日までにして、明日からは俺も広岡さんの所に行くよ。ここから先は、やっぱり本人から探るしかないだろう」

「うん、そうだね。それがいいかもね」

「彼女の未練をどうやって知るか。難しいけど、やってみるしかないな」

河原に沈む夕日を見ながら、自身に言い聞かせた。


そうして翌日より、再びマンションを訪れるのだが。

やはりと言うべきか。俺の予感は悪い意味で当たり始める。

「すみません広岡さん。いつもお邪魔してるのに解決策を見出せなくて」

「お気になさらないでください。この子と遊んでくださるのは嬉しいですし、無理難題を言っているのはこちらですから」

花森と共に広岡さん宅への訪問を開始して数日間。俺たちは、特に何をするでもなく智ちゃんをあやす日々を過ごしていた。

正直、不安はあった。

このまま待つばかりでいいのか。そんな不安が。

しかし俺は待ち続けた。俺の予想が正しければ、広岡さんの方からアクションを起こすかもしれない。そう思って。

案の定、とある日にそれは訪れる。

「うわっぷ、こんなとこに蜘蛛《くも》の巣が！　佐倉くんの根暗！」

「どさくさに紛れて俺を傷つけるな」

アホ騒ぎをする様を見て、広岡さんがくすくす笑っている。

八月半ば。お盆の季節。

その日は俺と花森、広岡さんと智ちゃんの四人でお墓参りに来ていた。

なぜここに来たのかというと、旦那さんがお盆休みで実家に帰るらしく、そのタイミングで広岡さんが自身の両親の供養を望んだからだ。俺と花森は、もしよければと誘われたので、ついてきたのである。

旦那の実家には向こうの両親がいるはずだ。彼らにとって孫となる智ちゃんの顔を見せなくていいのかと思ったが、深く訊《たず》ねはしなかった。固辞したと零した広岡さんの事情がなんとなくわかっていたからだ。

電車を乗り継ぎ、バスを乗り継ぎ、山中に作られた寂れた霊園へとたどり着く。途中で購入した献花を、広岡さんが供える。彼女のロスタイムが終われば、この献花もなかったことになるのだろう。その事実がなんだか俺を物悲しくさせた。

線香をあげてお祈りしながら、広岡さんは誰にともなく話し始めた。

「子供の頃から私は勇気のない子と言われてきました。学校の先生からも、もっと積極的にといつも言われていました。自分でも自覚があります。嫌と言えない。断れない。そうやって後悔の多い人生を過ごしてきました」

その話を前に、押し黙る。

なぜ急にこんな話を始めたのか。その理由をそれとなく察していたからだ。

きっと彼女は、早く自らの嘘を暴いて欲しいのだろう。

それほどに、このロスタイムを生きることに苦しんでいるのだ。

「私の人生は嘘ばかりです。嫌なことでも嫌と言えない。怒っていても怒ってないよと嘘を吐く。その嘘の積み重ねが、いつも大きな後悔を招くんです」

嘘を吐く。その言葉に黒崎さんを思い出す。

後ろめたさか、思い出したくないゆえか。理由は色々だろうが、《死者》はみんな嘘を吐いている。きっと広岡さんも同じなのだろう。後悔から目を逸らしたくて、未練に関して嘘を吐いて。でも、本当は誰かに暴いてもらい、楽になりたくて。そんなジレンマを抱えて生きているのだ。この、苦しみしかないロスタイムで。

　そしてそれは、俺と花森にも言えることなのだろう。この夏に俺たちが出会ったのは、きっと偶然ではないはずだ。そんな予感を抱いていた。

「すみません。わざわざご一緒していただけたのに、暗い話をしてしまって。ただ、ここに来ると色々思い出してしまって。ごめんなさいね」

　そう言って薄く微笑む広岡さんは、やっぱり辛そうに見えた。

　それを見て、このロスタイムを早く終わらせなければと感じていた。

「ふぎいい……あぐう」

「お、どうした智ちゃん。お姉ちゃんが抱っこしてあげよっか」

　ベビーカーで眠っていた智ちゃんがぐずりだす。花森が笑顔であやし始める。

　夏の豪雨でもやってきそうな空模様は、まさに俺の内側のようだった。


　そして、そんな思いを抱いていたのは俺だけではなかったようだ。

　お墓参りを終え、広岡さんと別れた帰り道。花森が「佐倉くん。ちょいと付き合ってよ」と言うので何気なくついて行くと、そこは地元の夏祭り会場だった。そういえば花火大会があると回覧板に書いてあったのを思い出す。すっかり忘れていた。

　山の中腹に建てられた神社へと向かう道路にずらりと並ぶのは、焼きそばをはじめとした屋台の数々だ。そんな狭苦しい所を老若男女の浴衣姿が行き交っている。りんご飴が、ぴかぴか光る電球ソーダが、動物を模した巨大風船の数々が。喧騒と雑多な高揚感に混じり、俺たちを蒸し暑くさせた。雰囲気だけでお腹いっぱいになる景色だった。

「うおお、たこ焼き、たこ焼きがある！　佐倉くん、半分こしようよ」

「おまえのたこ焼きへの情熱は何なんだ。待ってるから買ってこいよ」

「ええー……そこは彼氏っぽく奢《おご》って欲しかった」

「彼氏じゃねぇから」

「むう。私の時給は300円なのに」

「奇遇だな。俺の時給も300円だ」

「うそ、安すぎ。そこブラックだ。くそ重い上司が飛び蹴りかましてくるからな」

「間違いなくブラックだ。くそ重い上司が飛び蹴りかましてくるからな」

思い切りはたかれた。やはりブラックだと確信する。

結局、たこ焼きは俺の奢りで買うことになった。十個入りで本日の給料の三分の一が飛んでいった。時給300円の恐ろしさをあらためて知る。

金に余裕があるのか、花森は他にも綿あめやイカ焼きを買っていた。浴衣姿でもないのにそれらは抜群に彼女に似合っていた。美人ってのは得だと思った。

といった感じで練り歩き食べ歩き、暑さにやられながらも祭りの雰囲気を楽しんでいた。

もうすぐ二学期だ。選択授業はどれにしよう。クラスの誰それが別れたらしい。そんなどうでもいい話をしながら。人ごみの中、そっと頬に触れた髪から淡い香りが漂った。思わず頭がぼうっとした。

辺りが暗がりに包まれる頃、いよいよ花火が上がり始めた。

とはいえ、山道にいる俺たちからはかなり遠く、うっすら明かりが届く程度である。ふと花森が石階段に腰掛ける。俺も隣に座る。花火の轟音が俺たちを打ち付けた。

花森は静かに話し始めた。

「子供の頃の話だけどね。お母さんが夏祭りに連れて来てくれたことがあるの。今日のよりも、もっと大きな夏祭り。くじ引きとか、りんご飴とか、すっごく楽しかったのを覚えてる。今も消えないすてきな思い出」

花森は前を向いて笑顔で語る。

きっとこの思い出の意味は、俺にしかわからないだろう。

「その時はお父さんが死んで間もなくだったからね。お母さんも忙しくて、私は寂しくて。そんな時だったから余計に嬉しかったの。きっと一生忘れない」

「そうか」

夜が落ちてきた。轟音と華やぎが彩る世界で思い出を紡ぐ。

あえて花森の顔は見なかった。見えなかったけれど、胸の内側は手に取るようにわかった。ああ、やっぱりだ。やっぱりおまえも気づいていたのか。そう思う。

今思えば、俺に気づくことを花森が気づかないわけがなかったのだ。

死神が担当する《死者》には傾向がある。それはつまり《死者》と似た苦しみを抱える死神こそが、担当に相応しいということだろう。朝月に黒崎さんに広岡さんと、家族に悩みを抱える《死者》が、同じく家族に悩みを抱える俺の前に現れたことは、決して偶然とは思えないからだ。

ならば、俺が広岡さんに引っかかりを抱いたのにもやはり理由があるはずなのだ。

この世界を不思議たらしめる存在は、母さんとあんなことがあった俺だからこそ、広岡さんの真意に近づけると考えたのだろうから。

「私はね。すごくお母さんと仲がいいの」

「そうか。俺もだ」

「間違いなく愛されてるの」

「俺もだよ。間違いなく愛されていた」

「ふふ。やっぱり私たち、似ているね」

「そっくりだ」

「私たちは――嘘つきだ」

「ああ。その通りだ」

隣を見る。夜闇と明々が混ざり合う彼女の笑顔は、どこか悲しそうだった。

どうしようもない苦しみを抱えていると打ち明けた彼女は、使命感をくれた。暗闇で苦しむ広岡さんを救わなくてはならないと。

だから決意したんだ。

広岡さんの悲しみを、必ず終わらせると。

「明日、俺が広岡さんに言うよ」

「うん。ありがとう。お願いするね」

夜が世界を支配し、いよいよ遠くの花火が色鮮やかにはしゃぎだした。

きっと今頃、智ちゃんは泣いているだろう。

黄昏《たそがれ》になると人は不安になる。黒崎さんは何度、黄昏の恐怖に包まれただろう。朝月は何度、黄昏の後悔に駆られたのだろう。俺は、花森は。

その日の夜は不気味なほどに静かだった。


迎えた翌日。

昼過ぎに広岡さんの家を訪ね、開口一番、彼女へ告げた。

「広岡さん。あなたの嘘を暴きにきました」

「……はい」

彼女は動じなかった。この時を、ずっと待っていたのだろう。

「旦那さんをはじめ色々調べましたが、結局何もわかりませんでした。ただ、あなたが未練に関して嘘を吐き苦しんでいることだけはわかります。あなたは俺の母親にどこか似ています。無償の愛を失くしてしまった、母親と」

黙りこくる彼女に、冷酷なひとことを放った。

「教えてください。あなたの未練は本当に智ちゃんの無事を知ることなのですか？」

「……ごめんなさいね。嘘なんて吐かず、最初から全部話していればよかったのに。でも、どうしても話す勇気がなくて」

ひと呼吸置き、彼女は紡ぐ。

ずっと目を逸らしてきた、ロスタイムの始まりを。

「真実を話します。私の未練は、この子を産んでしまったことなんです」

夏の青空が、深い絶望のように感じた。

最後の独白となる。そんな予感を抱いていた。

「私にとって、この結婚は人生で最大の後悔を残すものとなってしまいました」

智ちゃんを別室にいる花森に預け、広岡さんは俺と二人きりの部屋で語りだした。

終わってしまった人生が、寂々と紡がれる。

「最初にお話ししたように、私はどうしようもない人生を過ごしていました。身寄りもなくお金もなく、何のために生きているのかと思う日々を。そんな私は、当時の夫にとって大変都合のいい女だったんです」

失望を噛みしめるよう、彼女は続ける。

「夫は医者という職で成功をおさめていました。しかし遊び癖が抜けきらず、随分と両親から催促されていたそうです。早く結婚しろ、早く孫の顔を見せろ、と」

そんな状況で私たちは出会ってしまった。そう呟く。

「夫とは当時の派遣先で出会った先輩の紹介で知り合いました。最初から夫には、いい感情を抱きませんでした。言葉の端々より、子供さえ産んでくれればそれでいいという思いが見えていましたから。どう考えても断るべきだったんです。どう考えても」

「でも私は断れませんでした。結婚して欲しいと頭を下げる夫を前に、人生を左右する場面ですら断ることができなかったんです。それは私自身の弱さ、さらには、こんな人生なんだからお金さえあればいいと考えたゆえの決断だったんです。本当に愚かな選択をしました」

言葉を呑み、彼女は大きく息を吐く。

俺にはそれが、涙になれない何かのように見えた。

「すぐに後悔しました。堂々と夜遊びする夫との日々に。それを咎《とが》めもしない夫の両親に。

お金があれば人生がマシになるなんて考えは幻でした。何をしようとも、結局私自身が変わらなければどうにもならなかったのです」

「でも、私は逃げられませんでした。身寄りもなく、満足に働ける身体もなく、妊娠したと知った時、いよいよ逃げ場がないと感じました。体調が悪くなる度に夫の両親は、産まれたら私たちが育てるからと、そんな話ばかりするんです。その時に気づきました。ああ、私はこの人たちにとって、孫を産む道具でしかないのだと」

「そんな状態のまま出産の時は近づきました。そして起きてしまったんです。命に関わる症状が。それはあまりにも突然で、数時間以内に手術をしないと命に関わると言われて。産むのかあきらめるのか、パニックに陥った私は何も考えられず、何が何でも産めと叫ぶ夫の両親に流されるまま手術に挑みました。そして――」

無事に産むことが出来た。だけど広岡さんは。

そうして始まったのだ。彼女のロスタイムは。

「あの子が生まれて以降、夫は役目を果たしたとばかりにそれまで以上に自由に過ごしています。夫の両親は子供を寄越せと言ってきました。あなたは体調が悪いからと。ですが、ここだけは引けませんでした。おかしな話ですよね。死んでようやく、断ることを覚えたんです。罵《ののし》られましたが、それでも戦いました。わかっていたんです。このロスタイムで何をしようが、無意味だと。それでも私は渡そうとしませんでした。実は少し嬉しかったんです。こんな自分にも子供を愛する心があったから。子供ができたことで、初めて戦うことができたから。それだけが心の支えでした。そう思っていたのに」

だけど、真実はそうではなかった。

「ある日、ふと気づいたんです。電話で夫の両親に『あの子を愛しているから渡したくない』と言った時に、自分の声に嘘が混じっていると。その時に、ああ、私はこの子を愛していないのだと。ただ、夫とその両親を憎むあまり渡したくないだけなのだと。醜い感情ゆえに戦っているだけなんだと気づいてしまったんです。本当に情けない話です。私は母親なのに、愛情よりも憎しみでしか動けないんですから」

「このロスタイムが終われば、きっとこの子は夫の両親に育てられているでしょう。それが悔しくて。そこで私は理解しました。こんなことになるなら、産まなければよかった。それこそが私の未練であるのだと。これが私の、どうしようもないロスタイムです。私の人生は何だったんだと思わせるだけの、後悔だらけのロスタイムなんです」

一気に話し終えた広岡さんは、うなだれるよう沈黙した。

こらえきれない悲しみと怒り、憎悪と自己嫌悪によって。

それを見て思うのは、ああ、やっぱりだ――というものだった。

無償の愛は絶対ではない。どんな人間にも人生があり、欲がある。やはりこの人は母さんに似ている。母さんと同じで、無償の愛を持てなかった。だからこそ、俺が担当になったのだとあらためて知る。

「広岡さん」

俺の呼びかけに彼女は応えない。その悔しさは計り知れない。

愛情よりも大きな憎しみ。産まなければよかったと後悔する自分。彼女は自らの声を聞く度に、絶望しなければならないのだから。

あらためて俺は痛感していた。

《死者》はみんな苦しみを抱えるのだと。

晴らしようのない未練を突きつけられ、絶望のままに生きることを強要される。そんな中で自分を守るために嘘を吐く。

本当はロスタイムを終わらせたいのに、自分の醜さから目を背けるために、嘘を吐かざるを得ない。その悲痛さを前に、なんのためにこの時間があるんだと思うしかなかった。

こんな時間がなければ苦しまずに済んだのに。

こんな力がなければ悲しい事実を知らずに済んだのに。そう思うと、この世界の無慈悲さに負けてしまいそうだった。本当に本当に、やるせない思いだった。

（だけど）

だけどこの時。

それでも俺が、希望を失わずにいたのはなぜだろうか。

俺は思い出していた。何もできず、黒崎さんを見送ったあの夜を。

あの時に決めたんだ。今度こそ失う前に守ってみせると。

何のためにロスタイムがあるのかはわからない。でも、もしもそこに意味を持たせることが出来るなら、それが出来るのは死神だ。死神だけが《死者》を救うことが出来るんだ。そのために俺はここにいる。ここまで来たんだ。

「広岡さん」

俺は、踏み出していた。

あの夜に踏み出すことの出来なかった勇気の一歩を。

「広岡さん。確かにあなたは赤ちゃんよりも自分を優先したのでしょう。でも、それでもあなたは今日まで智ちゃんを育ててきました。その理由は、あなたが一番よくわかっているのではないですか」

広岡さんは応えない。俺はさらに言葉を綴《つづ》った。

無償の愛を持たないながらも、愛してくれた母さんを想いながら。

「あなたも知るように、このロスタイムでは何も残せません。ですが、それでもあなたは育ててきました。しかもただ育てただけじゃない。どれだけ泣き喚いても、あなたの顔を見れば笑いだすほどに、愛情をこめて育ててきました。それは、智ちゃんがあなたに笑いかけるその声に、一切の嘘がないと気づいていたからではないですか」

「……っ」

俺は知っている。そりゃ知ってるさ。

何回ここに来て、号泣するあの子と格闘したと思ってるんだ。

俺じゃどうにもならなくても、広岡さんがいればどうにかなった。当たり前だ。広岡さんはしょっちゅう育児の本を広げては勉強し、智ちゃんが好きな編みぐるみを増やしていたんだから。

確かに彼女の愛は無償ではないのかもしれない。憎しみが愛情を上回っているのも事実だろう。でも、だからといって子供を愛そうと足掻いた事実がなくなるわけではない。

憎しみを上回れなくとも、母であろうと戦ったあなたは、十分に母と呼ぶに相応しかったと信じている。無償でなくとも、愛が全て消えるわけではないのだから。

「たとえ誰の記憶に残らなくとも、あの子を産んだ事実までは消えません。だから信じましょう。智ちゃんが大きくなった時に、自分を産んでくれた母親に手を伸ばしてくれることを。たとえ真実に辿り着けなくとも、きっと天国の母を知ろうとしてくれることを。そう信じることを、この人生を生きた意味としましょう」

「生きた……意味」

呟き、広岡さんは顔を上げる。

その瞳には、うっすらと涙が滲《にじ》んでいた。穢《けが》れなく透明な、悲痛の涙が。

後悔か苦しみか、いずれかはわからない。でも、きっとそれだけではないはずだ。

次の瞬間、それを確信する。

「広岡さん」

「あ――」

扉を開け、広岡さんを呼ぶのは花森だった。腕の中では不機嫌そうな顔の智ちゃんがいる。どんな時でも変わらないその子に、思わず笑いがこみあげた。

「えへへ。あやしてたんですけど、やっぱりダメっぽいです。この子はお母さんに抱っこされたいらしくて。だから抱いてあげてください。あなたのその手で」

「……智ちゃん」

花森は智ちゃんを預けた。途端に智ちゃんは笑いだす。

ああ、赤ちゃんてのは本当に純粋だ。俺たちには目もくれず、母親だけを求めている。

これだけで、広岡さんがどれだけ頑張ってきたかがわかるだろう。

「智ちゃん、智ちゃん」

「広岡さん」

息子の名を涙ながらに呼び続ける彼女に、告げる。

きっと大丈夫だ。そう信じて。

死神として、あの世へ送る言葉を紡ぐ。

「どれだけかかってもいいです。あなたの心が落ち着く時を待ちます。あなたの未練を解決する術はないでしょう。でも、それでもこの人生を生きた意味があったと思える時が来たら、教えてください。あなたにさよならを言いに来ますので」

「はい……ありがとうございます」

言葉少なに、広岡さんは頷いた。

笑っていただろうか。その表情には、涙以外の光が見えた気がした。

我が子を抱き、紡いだ言葉は永遠に忘れないだろう。

「この子が、この日々をずっと覚えていてくれればいいのに」

儚い笑顔より涙が零れた。智ちゃんの頬に降り注ぐ。智ちゃんは不思議そうに母を見上げる。その瞳には、きっと無償よりも尊い愛が映っているだろう。

窓の外には、大きく澄み切った青空が広がっていた。

二週間後。広岡さんはこの世を去った。

「この子が無事に育つならそれでいい」と言い残し、彼女らしく穏やかな最期を迎えた。最後に花森にもお礼を言いながら「あなたにどうか幸がありますように」と言っていたのが印象的だった。

その翌日。電車を乗り継ぎ、二つの目的地を訪ねた。

まず訪れたのは、広岡さんより教わっていた旦那さんの実家である。

都心を離れ、緑が多く残るそこは山を拓くよう住宅地が開発されている。そこにある、広い庭を備えた日本家屋は、高台にある公園から覗き見ることが出来た。

縁側では、安心と屈辱の混じる景色があった。

「智ちゃん、元気そうだね」

「ああ」

智ちゃんが祖父母にかわいがられている姿を見ながら、頷く。

このうえないと呼ぶに相応しいだろう。そんな愛情を受けて、智ちゃんが楽しそうに笑っていたのだ。

きっとあの子は真実を知らないまま育つのだろう。

母の愛は、全てなかったことになったのだから。

「……行こっか。佐倉くん」

「おう」

あの子の無事を確認したかっただけだ。なので俺たちはすぐにその町をあとにした。智ちゃんを再び抱くことの出来ない事実が、余計に俺たちを辛くさせた。

電車を乗り継ぎ、次に向かった先は以前も訪れた霊園だ。広岡さんはきっとここに眠っていると思ったからだ。案の定、墓石には広岡さんの名前があった。

落ち葉で荒れたお墓を掃除する。空っぽの花筒に花を供える。

終始無言の俺たちは、手を合わせた後にすぐさま出立した。それ以上留まる勇気がなかったからだ。

そうして再び電車を乗り継ぎ、家路を辿っていたのだが。

その最中で、海の見える駅に電車が停まった。今まで特に気にしなかったが、今日はどこか感傷的に映った。花森が「ちょっと寄っていこうよ」と言ったので、一旦そこで降りることにした。

「んんーっ、プールもいいけど海もいいね。空がすっごく広いよ」

夏の終わりの砂浜には、俺たち以外に誰もいなかった。もともと遊泳地でないのも影響しているのだろう。砂粒もどこか輝きを失っているように感じる。

花森は空と海を見渡していた。俺も空の青さに身を預けた。

哀しく落ちてきそうな青に閉じ込められる。俺たちはいつも、こうしてどこかに閉じ込められている。見えない何かと逆らえない流れによって。

「これでよかったのかな」

思わず俺は呟いていた。花森は応えなかった。

ロスタイムは何のために存在するか。今回の件で、少しだけ理解出来た気がしていた。

ロスタイムとは未練を晴らすための時間。だけど、ほとんどの《死者》は未練を晴らせないとあきらめる。花森はそう言っていたが、その表現は少し違うと思う。

思うにロスタイムとは、最初から未練を捨てさせるためのものではないだろうか。ロスタイムを与え、自分の未練は晴らしようがないと《死者》に受け入れさせる。そこではじめて、《死者》は最後の清算を始められるのではないだろうか。悔いだらけの人生と向き合い、その中からちっぽけな幸せを探す清算を。

黒崎さんは、幸せな頃があったと振り返り旅立つことが出来た。

広岡さんは、愛する心があると知ってこの世を去ることが出来た。

たとえ何も残せないとしても、最後の清算をしたうえで人生を終えることが出来る。ロスタイムとは、どうやらそのためだけに与えられた時間のようだ。何の意味があるのかと問われればわからないが、そう考えるなら一応の納得はいくのである。この、死にゆく人々のロスタイムという存在に。

だから今回に関しては、これでいいんだと思う。

誰の記憶にも残らない。でも、広岡さんは最後の清算をすることが出来た。

だからこれで問題ないはずなんだ。

問題ない、はずなんだけど。

（やっぱり、そう簡単には受け入れられないよな）

胸に抱くのはそんな思いだ。

いつかの繰り返しになるが、やはり理解と受け入れは別なんだ。納得いくかと言われればまるで納得がいかない。

今回、俺はかなり真面目に頑張った。広岡さんが少しでも幸せに旅立てるよう精一杯努めた。そうやって頑張ることで、俺自身が前に進めると思っていた。

しかし結果はこの様だ。どうしようもない後悔が燻《くすぶ》っていた。

なぜだろう。色々思い出し、つい訊《たず》ねていた。

「なぁ、花森。智ちゃんに何か残すことは出来ないのか」

「んんー、何かって？」

青空の下で、さざ波の前で。花森は顔だけをこちらに向け、微笑んだ。

風が吹き、さらりとした髪が柔らかく揺れた。

無意味と知りながら、その優しさに縋《すが》っていた。

「母親に愛されていたことをだよ。何かないのか。メモとか、誰かに伝言を頼むとか。とにかく、いつかあの子に伝えたいんだよ。どんな形でもいいから」

「ふふ、それは無理だよ。死神が何かを残しても、退職した瞬間に死神に関することは全て修正されちゃうもの。そもそもこんな話、誰にも信じてもらえないよ」

「まあ、そうなんだけどさ」

わかりきっていた答えに、無力さを感じる。

花森は海に背を向け振り返り、訊《たず》ねた。

「どしたの急に。そんなことを訊《き》くなんて」

「さあ。なんでだろうな」

なんでだろう。本当になんでだろうな。

よくわからないけど、この時、無性に俺は智ちゃんに母親の愛情を知って欲しかったんだ。俺がかつて一身に浴びていた、かけがえのない温もりを。

不思議な何かに押されるよう、花森に打ち明けていた。

「俺さ、このバイトを始めた理由は母親が関係してるんだ」

「そうなの？」

こくりと頷く。そして紡ぐ。

青く広い大空に、幼い手を伸ばすように。

「子供の頃の話だけどさ。俺と母さんはすごく仲の良い親子だったんだ。母さんは俺のことをかわいがってくれて、いつも笑顔で。たまには喧嘩することもあったけど、それでもどこにでもあるような、どこにでもある以上の親子だったんだ。俺たちは」

花森は無言で俺を見つめる。

心地よい視線に、全てを吐き出していた。

「俺の親父が逮捕されたのは知ってるだろ。すぐに出てこれたけどさ。でも、そこが俺たち家族のおしまいになったんだ。ある夜、親父が離婚の手続きをしててさ。まあそうだろうなって。しょうがないかなって。ここまではよかったんだ。全然よくないんだけど、それでもまだよかったんだ。ここまでは」

瞼《まぶた》の痛みを堪え、続ける。

青い空は割れそうなほどに透き通って見えた。

「昔見た映画で、子供の親権をめぐって両親が裁判する映画があったんだ。『クレイマー、クレイマー』ってやつ。あの映画でもそうなんだけど、今の日本でも子供の親権って、母親が勝ち取るケースがほとんどなんだ。なんでそうなるのかはさておき、それが日本における普通なんだ。だから離婚の話が出た時、ああ、俺も母さんに引き取られていくんだ。親父とはこれでお別れか、なんて思ったんだ。だから驚いたんだ。母さんが、俺の親権をあっさり手放したことに」

「…………」

なぜだろう。無言の花森を前に、不思議な笑みを浮かべていた。

自嘲するような。強がるような。

わかっている。《死者》に比べたらどうってことないとわかっている。生きていれば次があるんだから。わかっている。わかっているんだ。でも、それでも。

何も言わない花森は、俺の悔しさを理解してくれたのかもしれない。

「何だろうな。悲しいとかじゃないんだ。寂しいとか、ふざけるなとか、そんなんでもない。ただ、ああ、こういうものなのかって。母さんもひとりの人間で、人生があって。母親として毅然と振舞っていたけど、本当はいろんな欲とか悩みを抱えていて。全部投げ出したいのを我慢していたのかなって。そんな、当たり前だけど知らなかったことを急に目の前にぼとんと落とされた気分でさ。だって、親が自分と同じひとりの人間だとか考えないだろう。だからすごく驚いて。でも、母さんにも夢や幸せを求める欲があるなら、人生をやり直そうとするのも普通なのかなと思って。でもあんなに仲が良かったのに、あれは無理してたのかとか、なんか色々考えちまって。だから金が欲しかったんだ。母さんの実家が遠いせいで、行って帰るのに五万も必要なんだ。べつに会いたいわけじゃない。話をしたいわけでもない。たぶん俺は見てみたいんだ。母さんがどんな人生を選んだのか。第二の人生をどんな顔で過ごしているのか。その人生は、今度こそ大切にしようと思えるものなのか。手紙を出すって言ったのに今日まで届かないのは、それほど楽しい毎日を過ごせているからなのか。ただ、それだけを知るために始めたんだ。このアルバイトを」

「……そっか」

青空の下に独白を放つ。

夏の太陽が冷たく感じられるほどに後悔が覆い尽くす。失ったものを取り戻せないやるせなさが包み込む。だけど、そこには確かな解放感があった。

ああ、やっと言えた。

誰にも言えなかった苦しみを、ようやくこの世界に放つことが出来た。やっと、ようやく。そんな思いが内側から湧き出るようだった。隠し切れない喪失感が何度でも包み込む。それでも後悔の中に小さな安堵を抱いていた。何かひとつ、心の枷《かせ》が取れたように感じていた。

俺は思い出していた。

朝月が教えてくれた、あの言葉を。

――あなたが本当に欲しいものは、温もり。

――でもそれは、決して私があげられるものではないの。あなたは気づいているはず。

果たしてあれは、どういう意味だったのだろうか。

わからない。いや、わかっているのか。

ただ、今の俺にとって求めていた温もりに、ひとつあきらめがついたことを理解していた。俺の内側はとても穏やかで、迷いを洗い流すような静けさだった。ひとつ、さざ波が消えているのが自分でもわかった。

ぽつりと世界に言葉を零す。ずっとずっと探していた思いを。

「幸せって、なんだろう」

「ふふ。なんだろうね」

俺の問いに花森はそう答えた。

笑っていた。どこまでも優しく美しく。それが不思議と嬉しかった。ひとりじゃないと思えたから。

その笑顔を見て、あらためて思う。

やはり俺たちの間にあるものは、恋愛感情じゃないと。

もっと不思議で特別で、きっと他の誰とも共有できないものがあるんだ。

こんな世界でもひとりじゃないと思えるほどの何か。花森の前にいると、そんなものを胸に宿すことが出来る。あらためてそう感じていた。

そして同時に、この時、死神という存在についても理解出来た気がしていた。

死神とは《死者》を救うもの。この考えに間違いはないだろう。だけど、どうやら真実はそれだけではないようだ。

死神が《死者》を救う。

それに加えて《死者》を通して死神が救われる。

これこそが、この世界の真実ではないだろうか。

何のためにと訊《き》かれるとわからない。根拠なんて何ひとつない。

だけど俺は、彼らと接することで、今日ここまで来れたと感じている。《死者》と触れ合ったことで、嘘をひとつ捨て去れたのではないかと思っている。

果たしてこれは偶然なのだろうか。偶然ではないのだとしたら、やはりそこには理由があるのではないだろうか。この世界を不思議に染め上げる何かによる理由が。

自然と問いかけていた。

目の前の、儚い笑顔に。

「花森」

「なあに」

「おまえは家族と何があったんだ」

応えない。それがほとんど答えのようなものだった。

死神ごとに担当する《死者》の傾向が決まっている。

それに加え、死神も《死者》によって救われるという仮説が真実ならば。

クラスの人気者で、高嶺《たかね》の花で、悩みなんてなさそうな明るくユーモラスな花森だけど、そんな彼女にも死神であることの理由があるのだろう。

俺や彼らと同じような、救いようのない苦しみが。

「花森」

俺は、ほぼ無意識に告げていた。

「今でなくてもいい。その、いつか話す気になれたらでいいんだ。その時でいいから、おまえの悩みを話してくれ。知っての通り、俺たちはべつに付き合いが長いわけでも、ましてやドラマチックに支え合ってきたわけでもねぇよ。でも、それでも俺たちにしかわかりあえない苦しみがあると思ってる。俺たちだけがわかちあえる孤独があると信じている。俺とおまえはそんな関係だ。だから、その時が来たら手伝わせてくれよ。いつか訪れる、おまえと世界との戦いを」

「……………」

沈黙が横たわる。永遠に続くよう、静謐《せいひつ》な時が流れる。

伝わっただろうか。なんだかあまりうまく言えた気がしない。でも、恥ずかしさは感じなかった。「えへへ。ありがと」と囁《ささや》く笑顔が、俺を安心させてくれたから。ああそうだ。やっぱり俺たちはこういう関係だ。かけがえのない、特別な繋がりがある関係なんだ。素直に、そう受け入れることが出来ていた。

そうして、二人でどれくらい穏やかな時に浸った頃か。

花森が、止まった時をゆるやかに動かす。

「佐倉くん。実はね、次の任務の指示が今朝《けさ》届いたんだ」

「そうなのか？」

俺の反応に、砂浜の上、隣に座る花森は優しく頷く。

「その《死者》はね、死神をやっている人たちの間ではちょっとした有名人なの。かなり難しい《死者》として、ずっとこの世を去れずにいる。いつか私にも順番がくると思っていたけど、とうとう回ってきたんだ。その子は、その、私情だけど個人的にどうしてもたすけてあげたい女の子なの」

花森は胸を締め付けるような笑顔で語る。

なぜか、いつにない覚悟を感じた。

「今のキミになら対等な死神として頼ることができると思う。お願い佐倉くん。どうか、四宮夕《しのみやゆう》ちゃんをたすけてあげて」

四宮夕。

夏の終わりに現れたその名前は、暗く低く響いて聞こえた。

海のさざ波が深く唸る。

彼女との出会いが、俺たちの運命を大きく変える。

四章　潰れた心臓

「四宮夕。その子が次の《死者》なのか？」

こくりと。砂浜に腰掛ける花森は頷いた。

「まだ十歳の女の子なんだけどね。亡くなったのは八歳の時だったかな。すごくいい子で、思いやりがあって、でも救われない人生を過ごして。虐待の末に殺されたの」

「――っ」

息が止まりそうだった。それほどに予想外の台詞だった。

知らない世界が、どろりと姿を見せた。

「あくまで聞いた話だけどね。母親が暴力を振るうタイプらしいの。傷にならないよう巧妙に。だけど夕ちゃんが虐待を認めないせいで、保護も出来ないらしいの」

「そうなのか」

俺の相槌に頷きながら、花森は説明を続けた。

夕ちゃんは、俺の住む町から少し離れた小学校に通っていること。

現在、小学四年生であること。

未練を晴らせず、かれこれ二年になること。

どの死神もお手上げ状態であり、死神の間では有名人となっていること。

そんなことを一通り語った。

(個人的にたすけたい、か)

花森の話は衝撃だったが、正直、実感のわかない話であった。なのでこの時気になって
いたのは、やはり花森の言葉だった。

なぜ個人的にたすけてあげたいのか。それを花森は言わなかった。気にはなったが、訊《き》
くのはやめておいた。彼女の哀切な表情が、それを躊躇《ためら》わせたからだ。

「それで、その子の未練は何なんだ」

「はっきりとはわからないよ。でも聞くところによると、復讐したいんだって。自分を殺
した母親に」

もう驚く気力もなくなっていた。

俺の知らないところにそんな世界があったなんて。

「死者の力は？」

「対象の心臓を止める力」

「そうか」

そう告げる花森に、それ以上何も訊かなかった。

青く深い空にまだ見ぬ少女の顔が、ぽっかりと空く穴のように想像できた。

覗いたことのない深淵の黒さが、頭から消えない。

そんな闇の中からどうやって救うのか。そんなことを考えていた。


迎える翌々日。

九月となり、いよいよ二学期が始まった。

始業式である本日はホームルームのみであり、昼には学校を出ることが出来た。

俺と花森は近くのうどん屋で昼食を摂り、そのまま四宮夕ちゃんのもとに行くことにした。例によって女の子ということもあり、夏休み最終日となる昨日、ひと足先に花森が訪れ事情を説明していた。小学生にまで気を遣うのかと思ったが、被虐待児と考えるなら、慎重に越したことはないはずだ。

「はぁもう大変だったよ、佐倉くんの話ばっかりされて。思わず付き合ってることポロッと言っちゃいそうだったもん」

「なるほど。こうやって事実は捏造《ねつぞう》されていくんだな」

バスの中で何の話をしているかというと、本日、クラスメートによって花森が質問攻めにあった件である。

夏休み中の俺たちは、クラスメートに目撃されまくっていたらしい。

ぼっちの俺には話しかけ辛いのだろう。彼らが問い詰めた先は花森だった。ふざける花森に呆れつつも、いつも通りなその声に安堵していた。一昨日の悲しげな瞳が、どうにも記憶の底から消えなかったからだ。

そんなことを考えながら揺られ続けること二十分ほど。

辿り着いた場所は、そこそこ栄えた隣街だった。

国道沿いには高層ビルがいくつか並び、南に行けば賑やかな駅前となっている。逆に北に行くと、マンションの立ち並ぶ住宅街が広がっている。

そのさらに奥。そこにある一軒家に、少女はいた。

「こんにちは。お兄ちゃんが新しい死神さんですか？」

「え、あ、ああ。こんにちは」

玄関のチャイムを押し、虐待する親との対面に緊張していた俺の前に現れたのは、なんとも毒気を抜かれる女の子だった。

もしかしてこの子が、と思う暇もない。

「はじめまして。四宮夕です。よろしくお願いします」

「おいっす！　一日ぶりだね、夕ちゃん。こっちが昨日話した佐倉くんだよ。夕ちゃんがかわいいから、ロリコンの佐倉くんは緊張してるの。許してあげてね」

「おまえの中で、俺のストライクゾーン凄いことになってるのな」

相変わらずとぼけている花森はさておき、夕ちゃんの挨拶に拍子抜けした。事前に予測していた少女像から、あまりにもかけ離れていたからだ。

本当にこの子が？　どうしてもそう感じてしまう。

「さて、早速だけど佐倉くんにお話ししてくれるかな？　教えてくれたらアイス奢《おご》っちゃうよ。もちろん佐倉くんの奢りでね」

「えへへ、ありがとうございます。では近くの公園でお話しします。男の子たちがいつも遊んでいる賑やかな公園があるの」

「お、いいね。じゃあそこ行こっか」

二人がそう話を進めるので、一旦考えることを放棄する。

まずは話を聞こう。それで何かわかるはずだと思って。

「早速行こっか。ほら佐倉くん。見惚れてる場合じゃないぞ」

「ああ。いやべつに見惚れてるわけじゃねーから」

「ちょっと待ってくださいね。誰もいないから鍵をかけておかないと」

夕ちゃんが鍵をかける間、ふと見上げた空には薄く広いうろこ雲が広がっていた。

なぜだかそれは俺の内側をざらつかせた。

歩いて二分ほどの距離にある公園は、夕ちゃんの言う通り、本当に賑やかな公園だった。

とにかく広いので、走り回る少年やママ友達など、あらゆる人で賑わっていた。植木や遊具も手入れされており、まさに憩いの場と呼べる雰囲気だ。

　そんな公園の一角にあるベンチに腰掛け、近くのコンビニで購入したアイスを各々食べて。小学校のことや夏休みのことなど、たわいもない話から始った会話は、いよいよ本題に突入していた。

「お母さんに殺されたのは、小学二年生の時です」

　何のためらいもなく、少女は語る。

　かわいらしい声にはまるで似合わない凄惨な記憶を。

「前の前の死神さんが言っていました。あたしの家は『機能不全家族』の一種だそうです。一見、とても人当たりのいい家族なんですが、家の中ではお母さんがあたしひとりをストレスのはけ口としていることから、そう呼ばれるそうです。ひとつ下に妹がいるんですけど、妹は何もされていないことからも間違いないらしいです」

「………」

　無言となったのは、内容よりも夕ちゃんの話し方があまりに大人びていたからだ。

　悲しむでもなく、虚ろに壊れているでもなく。

　今日学校であったことを話すように、慣れた口ぶりで丁寧に話している。これだけで、この子の二年にもおよぶロスタイムを想像出来てしまった。

「お父さんはサラリーマンで、お母さんは学校の先生です。お母さんはストレスが溜まりやすくて、ある日、あたしをマンションの七階から突き落としました。ここから見える、あの綺麗なマンションからです」

夕ちゃんが指差すのは、木々の向こうに在るマンションだ。俺も花森も一瞬だけ視界に入れて、それ以上は見ようともしなかった。

「そこであたしは死にました。でも《死者》になったことで、突き落とされたことがなかったことになりました。最初は驚きました。死神を名乗る人が来た時も、何もわからなくて。だけど、そんなあたしでもはっきりわかる事件が起きたんです」

そこで、ぐっと。

淀みなく話していた夕ちゃんは、躊躇《ためら》うような仕草を見せた。

何か言いにくいことを言うのだろう。

その予感は悪い意味で的中する。

「その、嫌いにならないで欲しいんですが、《死者》になる前からあたしは動物をいじめちゃうことがあったんです。今はそんなことしないですけど、《死者》になった後も野良猫とかに石を投げて。そんなある日に、心で強く念じれば生き物の心臓を止めてしまえることに気づいたんです。それを当時の死神さんに泣きながら話して。二人で話し合った結果、理解したんです。あたしの未練は、こんな目に遭わせたお母さんの心臓を止めてやることなんだって」

ぽつりと。

最後の台詞は、淋しさを落とすような声で呟かれた。

「えへへ。どうしたらいいのかな」

俺たちを気遣ったのか。夕ちゃんは困ったような笑顔でそう言った。

そんな少女に花森は「大変だったね」と囁《ささや》き、夕ちゃんを抱きしめる。少女は嬉しそうに目を細める。俺はもう何を言えばいいのかすらわからなかった。

最悪だ。とにかく最悪だ。

抱く思いは、そのひとことだ。

広岡さんの無念を聞いたあの時を、さらに上回る真っ黒な気分。こんな悲惨な話を臆せず語れるようになっている事実が、余計に俺を追い詰める。

実を言うと昨日、俺は図書館で虐待について調べていたのだ。付け焼刃だが、少しは参考になるかと思って。そこで得た情報は、実にシンプルなものだった。

被虐待児は攻撃的になりやすい。火遊びや虚言を行うこともある。他人とのコミュニケーションを嫌がり、動物虐待をする場合もある。そんな基本的な知識が得られたのだ。

夕ちゃんは言った。昔は動物を虐待していたと。

それはつまり、この子が他の被虐待児と同じであったことを示している。

その彼女が、今は虐待を行っておらず、円滑な会話が出来るまでに至っている。このことからも、この子がどれほど二年間で苦しみ、大人びた精神にならざるを得なかったのかを理解させられていたのだ。

そして、だからといってこれまでの死神を責められないのも、やるせないところであった。

心臓を止める力で母親に復讐する。

常識で考えて、そんなことをさせるわけにはいかない。仮にそうしたところでロスタイムが終われば、母親を殺したこともなかったことになるのだから。これまで同様、この子も晴らしようのない未練を抱えているのだと痛感した。

「お姉ちゃんも昨日その話を聞いてから考えたんだけどね。ううん、どうしたらいいのかな。全然思いつかなくって」

「はい。これまでの死神さんも言ってました。キミの未練は晴らしようがないから、落とし所を見つけるしかないって。でも、どうしたらいいのかわからなくて」

「そうだよね。どうしたもんかねぇ……ん、ちょっと佐倉くん聞いてる？　夕ちゃんのかわいさに見惚れてる場合じゃないぞ」

「心配するな。かわいいのは認めるが、小学生に手を出す気はない」

「小学生じゃなくても手を出せないくせに」

「おまえが俺の何を知っている」

「あはは。お兄ちゃんたち、面白いんですね」
しかめっ面でつっこみながらも、笑顔を絶やさない花森に感謝していた。
夕ちゃんを不安にさせまいと、明るく振舞える花森はさすがだ。初対面の死神相手でも
堂々と振舞える夕ちゃんもたいしたものだ。俺だけが、心臓の表面をずるりと這いまわる
恐怖にどうしたらいいのかわからなくなっていた。
カップの中で、バニラアイスが行き場なく溶けていた。

結局、その日は何も進展することなく夕暮れを迎えた。

「そろそろお母さんが帰ってくるから帰らなきゃ」と言って駆けていく夕ちゃんを見送り、
言葉少なく帰路につく。

がたんがたたんと小刻みに揺れるバスの中。

口をついて出るのは精々この程度だ。

「母親の虐待を止める術はないのか」

「んんー、それはたぶん無理だと思うよ」

わかっていても、そう訊《たず》ねるしかなかった。

わかっている。無理に決まっていると。

そんな術があるなら、とっくに解決しているのだから。

今日見た限りでは夕ちゃんに外傷はなく、不自然に長袖を着ていることもなかった。予想に反して、四宮家は品行方正であるとも言っていた。死神が情報を得ているだけで、どうやら世間には虐待自体が知られてすらいないのだ。家庭の闇を巧妙に隠すやり口に、なんとも苛だちが募っていた。

「しかもそのうえ、夕ちゃん自身が虐待を認めない、ときたか」

「うん」

思い出すのは帰り際に交わした夕ちゃんとの会話だ。

花森は事前に、虐待を止められない理由のひとつが、夕ちゃん自身が虐待を認めないからだと言っていた。俺が調べた情報にも、被虐待児は虐待されていることを認めない場合があると書いてあった。理由は、虐待を認めてしまえば親と離れ離れになると知っているからだ。到底理解出来ないが、子供はどれだけ痛めつけられても、親からの愛情を頑なに求めてしまうのである。

だけど、実際に見た夕ちゃんは想像と違って遥かに冷静だった。

どれだけ痛めつけられても親の愛情を求めるといった風でもなかった。

それでも少女は、虐待を明らかにすることを拒んだ。理由は「それで妹が虐待の対象になってはいけないから」だ。それを聞いた時、俺の心は張り裂けそうだった。

「花森。何か策はあるのか」

「正直ちょっと厳しいね。佐倉くんは？」

「あるわけないだろ」

「だよねぇ」

そんな会話しか出てこない。途方に暮れる気分だった。

（虐待を止める方法も未練を晴らす方法もない。ならばこれまで同様、夕ちゃん自身が自分の人生を清算しなくちゃならないけど）

とはいえ、そんな方法を思いつくわけもなく。

結局、不安を紛らわせるよう、関係ない話をする。

「なあ花森。確かロスタイムってのは制限時間があるんだよな」

「そうだよ。いつ終わるかわからないし、その長さもまちまちだって言われてるけどね。いつかは終わりが来るって聞いたことあるなぁ」

「あの子は《死者》になって二年だ。結構な時間だけど、まだ大丈夫なのか？」

「んー、ちょっとわかんないよ。ちゃんとしたデータがあるわけじゃないもの。半年で終わるかもしれないし、十年経っても続くかもしれない。全ては神様の気まぐれだもの。私自身、これまでに時間切れとなった《死者》には会ったことがないしね」

「ん、そうなのか？」

「うん。『死にたくないから限界まで生きてやる』て人もいるのかなと思ったけどさ。実際には、ロスタイムを早く終わらせたいと願う人ばかりなの。だから、時間切れを迎える《死者》はあまりいないんだと思うよ」

「まあ、そうだよな」

花森の話は意外なようで、納得のいくものだった。

俺も最初は、いざ《死者》になったら開き直る奴がいるのではと思っていた。

どうせ死ぬ。誰の記憶にも残らない。だったら好き放題に暴れる奴がいてもおかしくはないと考えたからだ。だけど、それがありえないと気づくのはすぐだった。

そんな優しいものではないのだ。

ロスタイムというものは。

黒崎さんたちがそうであったように、ロスタイムとは尋常ではない苦しみを与え続ける。だから、開き直って楽しむなんてありえないのである。そう考えるなら、花森が時間切れの《死者》に出会っていないのも、当然なのかもしれない。

そしてこの時。

そこまで考えが及んだことで、ひとつ疑問が浮かんでいた。

「ちなみにさ。どうしてもロスタイムを終わらせたくて、でも未練を晴らせず。清算も出来ないってなった時にさ。最終手段に出た場合はどうなるんだ？」

「最終手段って？」

「その、自殺とか」

躊躇《ためら》いながら訊《たず》ねてみる。

返ってきた答えは、何の救いもないものだった。

「そこで終わりだよ。どんな形であれ、ロスタイム中にもう一度死んだらそこで終了。強制的にこの世を去り、ロスタイム中の事象と記憶は通常通り失われる。その結末は、私たちが一番避けなきゃいけないバッドエンドだね」

「そうか」

頷き、そこで会話を切り上げた。

本当はもうひとつ先の質問——おまえはそんなバッドエンドを何度見てきたんだとも訊ねたかったが、もういいやと思い窓の外へ意識を投げた。

そのままバスは、慣れ親しんだ町へと帰ってきた。

普通っていたスイミングスクールが目に入る。こんなにも見慣れた町のすぐ側で、あんなにも悲しい人生が閉じていたなんて。小さく深いため息をさ迷わせた。

そうしてバスを降り、とぼとぼ歩き、花森と別れるいつもの場所に来た時。

俺は自然と問いかけていた。

「あの子をたすけることは、おまえのためにもなるんだよな」

唐突な声に、花森は立ち止まる。

その顔には少しの驚きが見て取れた。

しばらくの沈黙を挟み、花森は潤んだ唇を寂しく開く。

「うん、そうだね。佐倉くんの言うように、あの子をたすけることで私の人生はひとつ前に進むんだと思う。きっとここであの子と出会えたことは、偶然じゃないはず。あの子をたすけることで、私はその意味を知ることが出来るの」

「そうか」

記憶を呼び起こす。

死神が担当する《死者》には傾向があることを。

そこには、この世界を見下ろす誰かの意思が働いていることを。

「今はまだ言えないの。ごめんね。でも、あの子を無事に送ることが出来たら、その時は佐倉くんにひとつ秘密を打ち明けようと思う。これは、その勇気を手に入れるための私なりの戦い。だからどうか側にいて。佐倉くん」

「…………」

花森の声は、か細く、たすけを求めるようだった。

震える心は触れずともわかる。それが、俺の決意に火をつけた。

彼女を前に、迷いなどあるはずもなかった。

「まあどっちみち頑張るさ。俺もあの子はたすけたいし、バイト代も貰ってるからな」

「えへへ。ありがと、佐倉くん。キミはやっぱり優しいね」

べつに普通だ。そう思い呟く。それでも花森は「優しいの。すごく優しいの」と笑みを零した。気恥ずかしくなったので、強引にさよならを切り出し、背を向けた。心臓の音が、どこか拙い高揚をくれた。

鮮やかな夕焼けが、どこまでも俺たちの影を長く伸ばした。


といった感じで始まった四件目のアルバイトだが。

ここから、難解と思われた任務は予想外に軽快に進むのだ。

翌日より俺たちは学校帰りにバスに乗り、公園で夕ちゃんと待ち合わせては話し合おうとしたのだが。早速、事態は動く。

他ならぬ夕ちゃん自身によって。

「お兄ちゃん、お姉ちゃん。これを見てください」

「ん？　どうしたのこのノート」

「『終活ノート』？」

木製のテーブルと、丸太を置いただけの簡素なイス。ツタが絡み合う天然の屋根を持つ、素朴な休憩所にて。夕ちゃんがリュックから取り出したのは、一冊のノートだ。

そこにはかわいらしい文字で『終活ノート』という、あまりかわいくない文字が書かれていた。

「実は次の死神さんが来たら、これを一緒に書こうと決めていたんです。前にテレビで、お年寄りの方が残りの人生を悔いなく過ごすため『終活』をしていると聞いて、あたしにもあてはまるかと思って。ここには、あたしの人生でやり残したことが書かれています。これを、皆さんに協力してもらいながらクリアしていこうと思うんです」

「……へぇ、そうなのか」

リアクションが遅れたのは、単純に予想外すぎたからだ。

だって普通思わないだろう。小学生が、終活ノートを用意してくるなんて。

「これをクリアしたからといって、うまくいくかはわかりません。でも、こうやって少しずつ心残りを片付けていけば、いつか旅立てると思うんです。あたしなりに考えてみたんですけど、協力してくれますか？」

「もっちろん！　凄いね夕ちゃん。ひとりでここまで出来るなんて。当然協力するよ」

「ああ、俺たちでよけりゃ協力する」

上目遣いで訊《たず》ねる夕ちゃんに、俺も花森も当然の答えを返す。

当たり前だ。協力するに決まっている。

協力しない理由なんてあるわけもないのだから。

「えらいねー夕ちゃん。そのうえかわいいなんて。ぎゅーってしちゃう」

「えへへ。もう、お姉ちゃんてば」

花森はおどけた笑顔で夕ちゃんを抱きしめていた。夕ちゃんも嬉しそうな顔をしている。何だか《死者》であることを忘れてしまいそうなのどかな景色。本当の姉妹のような二人の姿に、思わず笑みを零してしまう。

直後、全然笑えないアホなことが起こるとも知らず。

「じゃあ早速、心残りを片付けていこう！　ええと最初は——え？」

陽気に告げながらノートを開き、しかし花森の目が点になる。

なんだと思う暇もない。

『終活その一。大人のキスが見たい』

「…………」

沈黙する俺たちを前に、夕ちゃんが夢見る瞳で語り出す。

「学校の図書室ですごく感動的な本を読んだんです。男の人と、不治の病で苦しむ女の人が切なくキスするお話を。あたしは子供だから出来ないけど、一度でいいから大人の恋を見てみたいなぁと思って。えへへ」

意外にもませているというか、子供っぽいというか。

うっとりと語る夕ちゃんを前に、必死に脳を回転させる。

さて、これは映画館にでも行くのが一番かなと。夕ちゃんから見たら高校生は大人だろうけど、世間では子供。ゆえにフィクションで済ますのが――。

「佐倉くん」

「待て花森」

「覚悟を決める時が来たようだね」

「来てないから。絶対そうくると思ったから」

「大丈夫。私は佐倉くんならギリギリ我慢できるよ」

「ギリギリなのかよ。微妙に傷つけるなよ」

「愛し合う二人。不治の病のヒロイン。条件はぴったりだもんね」

「それはあれか？　おまえの脳に重大な問題があるという解釈でいいのか？」

「さあ行くぞ。見てろよ夕ちゃん」

「いやいかないから。おい待てって」

「うおお！」

「キスの掛け声じゃねーだろ。ちょ、ぎゃあああ！」

「あはは、あははは」

必死に逃げ惑う背中に、無邪気な笑い声が響いた。

花森の馬鹿野郎と思いながらも、破顔している自分に気づけた。

あの子を笑わせることができる俺たちは、いいコンビだと本気で思えたんだ。

その日の夕焼けは、いつもより上機嫌に見えた。

陽気な日々はさらに続く。翌日のことだ。

「お姉ちゃんってお付き合いしてる人はいないんですか？」

「たぶんいないだろ。そんな気配もないし」

その日、花森は委員会の仕事があったので、一足先に公園を訪れた。となると必然的に夕ちゃんとの二人きりになるわけだが、そこで夕ちゃんはここぞとばかりに花森に関する質問を連発したのだ。

「家族は？　兄弟はいますか？」

「友達は？　いっぱいいますか？」

「宝物は？　何か大切にしているものはあるんですか？」

「んー、いや知らないなぁ。友達が多いってのは知ってるけど」

曖昧に答えながら、花森のことをあまり知らない事実に気づいていた。図書委員という、全然似合わない役職であることも本日知ったばかりだし。

それはさておき、質問攻めにされている理由がこちらだ。

『終活その二。お世話になった人に、サプライズプレゼントを贈りたい』

「道徳の授業で習ったんですけど、人は感謝し合うことで優しく育つそうです。お世話になった人と言われてぴんと来る人はいませんけど、お姉ちゃんがすごく優しい人だというのはわかります。だから、お姉ちゃんを喜ばせてみたいんです」

はにかみながら告げる夕ちゃんは、どこまでも無邪気だった。この子が家に帰ると虐待されるという事実が心を苦しめる。でもだからこそ、少しでも彼女を笑顔にできるよう努めなければと気を引き締めていた。

「そういや、あいつの誕生日は今月だって言ってたぞ」

「そうなんですか？」

「休み時間に、でかい声で叫んでたよ。『私の誕生日は何日だから、プレゼント持ってきてねー』て。その日、土曜で学校休みなんだけどわかってんのかな」

「あはは。お姉ちゃんって本当に面白いですね」

確かにな。お世辞抜きであいつは面白すぎる奴だ。

良く言えば陽気。悪く言えばアホ。いずれにせよ、クラスの中心でいつも誰かを笑わせている。たまにやりすぎて先生に怒られているが。

それはさておき、ふと俺はこんなことを思っていた。

もしかして休み時間に叫んでいたアレは、俺に向けてのメッセージではないかと。俺なら休日でも会うとわかっていたから、ああ言ったのではないだろうか。深読みしすぎかもしれないが、もしそうなんだとしたら、癒される思いだった。

「じゃあその日に合わせてサプライズで贈りたいです。どんなプレゼントが喜んでもらえるか、もっとお姉ちゃんのことを調べないと」

「そうだな。俺もそれとなく探ってみるよ」

といった会話を交わしていると、ようやく花森がやって来た。

「ごめんねー。新刊を何にするかで長引いちゃって。図書室なんて全部横山三国志にしておけばいいのにね」

「なんだその偏った図書室は」

つっこみながら、ノートのページをそっと伏せる。

サプライズだからな。夕ちゃんに目配せをして、微かに頷く。

「それで、何の話をしてたの？」

陽気に問いかける花森に、夕ちゃんは上級な返しをする。

「昨日のことについてです。おでこで残念だとお兄ちゃんが言ってました」

「言ってない言ってない。いきなり何を言い出すんだ」

「あら。もしかして期待させちゃったかな。うししし」

「してないから。違うから」

予期せぬピンチに弁明するも。

「でもお兄ちゃんは、これからお姉ちゃんに探りを入れるぞと息巻いてました」

「え、探り？　やだもう、佐倉くんてば何を知りたいのかな」

「……夕ちゃん。いたずらっ子がどういう目に遭うか、知ってもらおうか」

「えへへ。ごめんなさい。あははは」

そこから始まる鬼ごっこは、日が暮れるまで続いた。

足を怪我して満足に走れない俺だが、夕ちゃんの相手にはちょうどよかったようだ。

「お兄ちゃん。こっちですよ」

「がんばれ佐倉くん。どこからどう見ても変質者だよ」

「花森。後で覚えてろよ」

その日は、久しぶりにいい汗をかいた一日となった。


そんな日々の中。

「あたしが《死者》になる前のことですけど、クラスメートが心室細動で亡くなったんです。マラソン大会の時に」

夕ちゃんと出会って一週間ほど経った頃。

どこからその話に繋がったのか覚えていないが、終活のひとつである『学校のみんなにお礼を言いたい』について話していた俺たちは、こんな話をしていた。

「その子はいつも元気いっぱいなクラスの人気者で。だから、突然倒れて死んじゃったって聞いた時はびっくりしました」

　夕ちゃんは遠い目で続きを語る。

「突然のお別れが悲しくて。でも、その子が死ぬ間際にクラスメートへ『ありがとう』とメッセージを残したことが後でわかって。それであたしたちは救われた気がしました。この話は、どこかの高校の放送部がドキュメンタリーの題材にして、大会で優勝したと聞きました。その子のお母さんは、愛する息子の優しさを広く知ってもらえたと感謝したそうです。あんな風に、私もみんなにメッセージを残したいんです」

「メッセージか。難しいね。このロスタイムじゃ何も残せないもんね」

　花森の寂しそうな声に同意する。

　メッセージ。これがロスタイムにおいて最も難しいのだ。

　これまで何度も越えられなかった壁に、再び阻まれていた。

「メッセージを残せない分、お友達に優しくするのが一番じゃないかな。何も残せなくても、夕ちゃん自身が悔いなく旅立つことが、みんなの望むことだと思うよ」

「そうですね。ふふ、そうだといいな」

　微笑む夕ちゃんを花森が優しく撫でる。

　それを見ながら、こんなことを考えていた。

　人が死ぬ時とは、案外そんなものかもしれないと。事故にせよ病気にせよ、ほとんどの人が考える間もなくこの世を去るのだから。

その点、このロスタイムでは過酷ながらも清算が出来る。そこに、ひとつの答えのようなものを感じていた。形にならない、それでいて生きるうえでの大切な答えを。

そして、そんなことを考えていた矢先に、予期せぬ出会いが訪れる。

「ようお嬢ちゃん。そいつらが新しい死神かい？」

「誰⁉」

「あ、雨野《あまの》のおじちゃん」

夕ちゃんと話しながら一時間ほど経った頃だろうか。

突如、変な男が声をかけてきたのだ。

「待て待て女子高生。俺は見るからに怪しい者だが怪しい者じゃねぇ。この公園に住んでる宿無しおじさんこと雨野おじさんだ。四宮お嬢ちゃんと同じで俺も《死者》だよ。《死者》同士はお互いを認識出来るってのは知ってるだろ？」

「え？」

警戒して立ち上がった花森に、男はそんな自己紹介をした。

雨野と名乗るその人は、自分で言うだけあって本当に怪しい風貌だった。

やせ型の長身で酔っぱらいのように歩き、それでいてニマニマと笑う陽気な中年。ふざけた喋り方が、さらに怪しさを増していた。

ただ、それよりも気になったのは。

「大丈夫ですよお姉ちゃん。雨野のおじちゃんとは一年前にここで知り合って、今ではすごく仲のいいお友達なんです。時々宿題を見てもらったりしてるんです」

「え、でも」

「同じ《死者》同士、意気投合したんです。お姉ちゃんたちのことも説明してるので大丈夫ですよ。お姉ちゃん、大丈夫です」

「そ、そう」

明らかな不審者だからか。

花森はいつになく身構えていたが、夕ちゃんの「大丈夫」という言葉と、雨野さんとやらの「安心しろ。大丈夫だ」という台詞により、落ち着いたようだ。

「くはは。気持ちはわかるぜ。《死者》同士が仲良くしてるのは珍しいからな。だけど利害が一致すれば、友情が芽生えることもあるわけさ」

「利害？」

「俺は宿題を片付ける。嬢ちゃんは酒代を恵む。これを共存共栄と呼ぶ」

「何ですかそれ」

あまりにもだらしのない話に眉を顰《ひそ》めるが、夕ちゃんが懐いているだけあって、確かに雨野さんは風貌の割に親しみやすい人ではあった。

とはいえ本来なら、知らない人に関わってはいけないと諭す場面だろうが、彼も《死者》であるという事実が躊躇《ためら》わせた。

結果として、それは正しい判断だったと思う。

「あの子はよぉ。今でこそあんなだが、最初は手が付けられなかったんだ」

「やっぱりそうだったんですか」

雨野さんの話に花森が反応する。

雨野さんが来て、しばらくした後。公園に夕ちゃんの友達がやって来たので、夕ちゃんを送り出し、三人で語らっていたのだが。

ぽつりと雨野さんがこんな話を始めたのだ。

「被虐待児ってのは、愛されない劣等感ゆえに自分に価値を見出せなくなる。それらは精神を不安定にさせ、極端な攻撃性を呼び込むんだ。俺が初めて見た時、あの子はセミの死骸を踏みつけまくってたよ。あん時ゃまともに会話もできなかった」

「そうですか。というか雨野さん、詳しいですね」

「なめんなよ少年。俺ぁこう見えて学があるんだ」

とても学があるようには見えない話し方で、さらに紡ぐ。

「だけどあの子は多くの死神と出会い変わった。十人近くがあの子を世話して、誰もあの世に送れなかったが、少しずつあの子は心を開いた。日々成長する姿は見ていて嬉しかったぜ。だから、おまえらにも期待しちまうもんなのさ」

「はい、がんばります」

花森が力強く頷く。

それに対し雨野さんは「それに比べて俺んとこの死神はだらしねぇ。サラリーマンだからか知らねぇが、深夜にしか来ねぇからよ」とぼやく。そんな彼を見ながら、思う。誰の過去にも、語り尽くせない物語があるのだと。

「さて、俺はもう行くぜ。四宮の嬢ちゃんによろしくな」

「あ、はい。お疲れ様です」

「雨野さん。今日はお話しできてよかったです。これからも夕ちゃんのこと、お願いしますね」

花森の笑顔の呼びかけに、雨野さんは手を振って応える。「ちょっとびっくりしたけど、いい人だったね」と花森は笑う。ああ、その通りだ。

夕ちゃんが色んな人に愛されていることを嬉しく思う。

母親からは愛されずとも、確かな愛情がそこにはあるのだから。

何気なく訪れた出会いは、俺たちに少しばかりの勇気をくれた。

「よしっ。なんかテンション上がってきたよ。がんばろっか佐倉隊員」

「ああ。最初からそのつもりだよ」

「甘い甘い。油断してると借金だらけの佐倉くんも家がなくなっちゃうぞ」

「やめろ。割とリアルなとこを突っつくな」

俺と花森の声が空に弾け、それを聞いた夕ちゃんが駆け寄ってきた。花森は笑顔で少女を迎える。前任の死神たちに感謝する。同時に、このバトンを何とか天国にまで繋いでみせようと、そんな決意も固めていた。

薄い空に昇り始めた月は、白く清爽に笑っていた。


といった具合に、その後もしばらく夕ちゃんとの毎日を過ごした。

『ケーキを食べたい』と書かれていれば、バイト代を崩して買いに行き。

『欲しい文房具がある』と書かれていれば、バイト代を握りしめて雑貨屋へ行き。

何だか俺が奔走してばかりの気もするが、それでもひとつずつ、夕ちゃんの幸せを満たしていったのだ。少しずつ少女の心を解きほぐすように。

途中、夕ちゃんから虐待の様子を聞く日もあった。その内容は、耳にしたくないものばかりだった。

見えないだけで、やはり暴力や暴言は続いていた。

でも、夕ちゃんがそれでも笑顔を絶やさなかったからだろう。俺たちはロスタイムを意味あるものにしようと、一層力を尽くした。時々雨野さんが来ては一緒に語り合った。笑い合うその日々は、宝物のような美しさだった。

そんな中で、最も思い出深い日があるとすれば、この時だろう。

「わぁ。綺麗です」

「おお、すっごい鮮やか。いい景色だね佐倉くん」

「ああ。写真で見るよりずっと綺麗だ」

とある九月の日曜日。

電車に乗ってやって来たのは、咲き誇るコスモスで有名な自然公園だ。

今日は休日だが、夕ちゃんの両親は共に出張で夜までいないらしい。その隙をついて、終活ノートの『お花見をしたい』をクリアしに来たのだ。

残念ながら季節的に桜は無理だったが、それはそれで楽しんでいるようだ。夕ちゃんは花から花へと飛び回るミツバチのように、コスモス畑を走り回っていた。こういうところを見ると、まだまだ子供だと顔が綻んでしまう。

「とりあえずお昼ごはんにしよっか。お姉ちゃんいっぱい作って来たよ」

「わぁ、凄いです」

「すげぇな。花森、おまえが作ったのか？」

「うん。お母さんが作ってくれたから、実質私が作ったようなものだよ」

何が実質だ。だったらお母さんが作ってくれた以外の何物でもねぇだろ。

そう思いながらも、シートの上に広げられた弁当を見て、喉を鳴らす。玉子焼き、太巻き、竜田揚げ、サンドイッチ、煮物、ウインナー、などなど。この時ばかりは普段ろくなものを食ってない俺の方が喉を鳴らしていたと思う。

「いっぱい食べるんだぞ夕ちゃん。佐倉くんも椎茸をいっぱい食べてね」

「何で椎茸ばっかりよそうんだ」

「椎茸はいっぱいあるからね。どんどん食べてね」

「おいやめろ。俺の皿椎茸だらけじゃねぇか。嫌いなものを押し付けるな」

「あははは」

相も変わらず、花森を中心に俺たちは笑っていた。

どこにでもある小さな安らぎ。

幸せって案外、こういうものかもしれないなと思いながら。

そんなのんびりとした時間が動き出したのは、とんとん、とサッカーボールが転がってきた時だった。

「すいませーん」

「お、佐倉くん。少年たちがこっちに来るよ」

公園内でサッカーに興じていた小学生のボールが、転がってきたのだ。「おう」と声を上げて投げ返そうとするが、待ったをかけたのは花森だ。

「ふははは。少年たちよ。返して欲しくば私たちを倒してみせるのだ」

「何言ってんだ花森。返してやれっての」

意味不明なことを言い出した花森に、少年たちはぽかんとしている。

しかし、だからと言って花森は止まらない。

「何を隠そうこの佐倉くんは、アンダー18世代のサッカー日本代表選手なのだよ。今日は特別にキミたちの相手をしてくれるそうだ」

「いやいやいや何言ってんだおまえ。嘘だろおまえ」

慌てて弁明するが、少年たちは美人のお姉さんにころっと騙される。

「すげぇ」「日本代表かよ」「かっけぇ」などなど。

完全に引き下がれないシチュエーションが作られる。

「よし、じゃあ行くぞ日本代表。夕ちゃんもカモン。男の子たちと勝負だ」

「うん、がんばりましょう。お姉ちゃん、お兄ちゃん」

「いやいや、俺、走れないから。怪我してて無理だか――」

「うおおお。オリバー・カーンを彷彿させる花森さんのスーパードリブル！」

相変わらず人の話を聞かない奴である。胸躍らせる小学生相手に、花森は持ち前の運動神経でドリブルを始めた。ったく、適当なこと言いやがって。俺はもう走れないってのに。

あとカーンはキーパーだ。ドリブルしてるとこなんて見たことないわ。

「いくぞ！　佐倉くんパース」

「うわ、すげぇパス」

「お姉さんうまい」

少年たちを唸らせながら、花森は俺にナイスパスを供給する。

とりあえず左足でトラップ。ぴたりと止める技術に歓声が上がる。

ああ、何だか申し訳ない。ここが限界だと今から見せなきゃいけないなんて。つくづく走れない自分が恨めしくなる。

（…………）

だけど、この時。

俺が何かを振り捨てたのは、果たして偶然なのだろうか。

「うおお、うめぇ！」

「すごい！」

「おお、佐倉くん、ホントにうまいじゃん！」

「ふっ――はっ」

理由なんてわからない。花森にいいところを見せたかったのか、少年の期待を裏切りたくなかったのか。その辺はわからないけど、とにかく俺は走れないと知りながらもドリブルを始めていたのだ。人生で一番輝いていたあの頃のように。

「止めろー。日本代表を止めるんだ少年たち」

花森の掛け声に、少年たちが突進してくる。軽やかなステップで彼らをかわす。

誰かが「すげぇ」と唸った。「マジかよ」と驚きの声をあげた。なぜだか朝月のことを思い出していた。中学のグラウンドで、俺のプレーに喜んでくれたあの笑顔を。

「いけいけ佐倉くん」

「お兄ちゃん、がんばれー」

秋の日差しは、いつにも増して眩しかった。


結局、俺の活躍はそこまでだった。

痛んだ足は動きを止め、あっさりと少年にボールを奪われる。苦笑するしかなく、その後もしばらく追いかけてはみたが、ブランクの長さは絶大だった。すぐにバテて木陰に座り込むこととなる。子供ってのは本当に元気だと思い知る。

「お疲れさま」

「おう、サンキュ」

冷たいお茶を手に花森が隣に座る。肩が触れ合いそうなほど、すぐそばに。

夕ちゃんが少年に混ざってボールを追いかけるのが見えた。手加減全開のパスを送る男の子の様子が面白かった。とてもあか抜けた笑顔があった。

「佐倉くん。かっこよかったぞ」

「よせよ。あんな簡単にボールを奪われたのに」

「嘘じゃないよ。かっこよかった。朝月さんも好きになるよ」

「……どうも」

「ふふふ」

その後、俺たちは木漏れ日の下で語り合った。何気ない、本当に何気なくどうでもいい話を。それが何よりも尊いものだと知っていたから。

いつの間にか寄り添っていた肩は、彼女の体温を教えていた。

そこから心臓の音が漏れないかとどきどきした。

花森は訊《たず》ねた。どうして足を怪我したのかと。俺は答えた。木の上にいる猫をたすけようとしたのが原因だと。花森は笑った。だから朝月さんは佐倉くんを愛したのかと。俺は訊ねた。そうなのかと。花森は頷く。誰だって好きになるよと。おまえでもかと。俺は問いかける。こくりと。花森は頷く。恥ずかしくなり、目を逸らした。

触れ続ける肩の温もりに、心が溶けていくようだった。久しぶりに見上げた空は、切ないほどの青空だった。

こうして、思い出深い一日は過ぎて行った。

ただ、後に思えば。

この時、俺は大きく油断していたのだと思う。

街灯の輝きが夜の暗さを忘れさせるように。

楽しい時間が、幸せは失くしてから気づくことを忘れさせていたんだ。

その代償を、再び思い知ることになる。


数日後。事件は思いがけず起こってしまう。

その日の前日。俺と夕ちゃんは、明日に迫った花森の誕生日に向けて作戦を立てていた。

概要はこうだ。

いつもの公園に、あらかじめ夕ちゃんがプレゼントを埋めておく。当日、終活ノートに書いた『宝探しをしたい』という文章を花森に見せ、穴掘り大会を実施する。そうしてうまく花森を誘導し、宝物を掘り当てさせる。サプライズと打ち明ける。というものだ。

まあ強引な作戦なので、花森は途中で勘づくだろうが、そこはどうでもよかった。夕ちゃんがやりたいことをやるのが一番なのだから。

花森に隠れて打ち合わせを行い、念のために宝の地図を夕ちゃんから預かり。

「大丈夫だと思いますけど、もしあたしが行けない場合はお兄ちゃんがお祝いしてあげてください」という、少し訝《いぶか》しむメッセージもまあいいかと受け取り、明日を楽しみに眠りについたのだ。興奮を抑えきれない子供のように。

しかし翌日に、悲劇はやってくる。

思いつく限りの、最大の苦しみと共に。

「ふふふー。見てみて佐倉くん。プリントしちゃった」

「おお、綺麗に撮れてるじゃんか。どれどれ」

いよいよ訪れた花森の誕生日。土曜で学校が休みだった俺たちは、昼過ぎにバスに乗って公園を目指していた。

道中で眺めるのは、こないだ行った自然公園の写真だ。

スマホで撮った写真をネット注文でプリントしたらしい。

「私のおすすめはこれかな。必殺、佐倉くんのスーパードリブル」

「うお、かっこよく撮れてるぞ。これいいな」

「直後、足が痛いと泣きそうになる佐倉くんのドアップ」

「アップしすぎだろ……顔の輪郭すら映ってないじゃんか」

予想通りだが、写真の大半は花森がふざけて撮った面白画像だった。

悪態を吐きながらも、まあこれはこれでひとつの思い出かと思えた。

「他にもこんなのがあるよ。佐倉くんのパンチラゲットだぜ」

「やめろっての。どこに需要があるんだ」

笑いながら、時を忘れて話をした。頭の片隅には、一応、俺自身が花森のために用意した誕生日プレゼントのことがあった。たいしたものではない。あくまでメインは宝探しだ。そう思いながらも、どんな反応をするのかちょっぴり期待していた。

といった感じでバスがいつも通りに隣街に着く頃。しかし俺たちは街の様子がいつもと違うことに気づいていた。上空をヘリが飛び回り、機材を運ぶマスコミの姿が見られたのだ。不意に、ぞっとする恐怖に襲われた。花森も「なんだろう」と不安気に零す。

花森はスマホを取り出し、地域ニュースをタップした。

そして息を呑む。

俺の頭に最悪の光景がフラッシュする。

「花森。何があったんだ」

「……」

「花森！」

叫ぶ俺に、花森は無言でスマホを掲げる。

それを見て、虚無を超えた恐怖を覚えた。

「そんな」

ぽつりと零す。ヘリの音が脳を揺らす。

俺は世界の残酷さを知る。

『十歳の娘をマンションより突き落とした容疑で、県警は四宮依子《よりこ》容疑者を逮捕』

「そんな。夕ちゃんが」

花森がぽつりと少女の名を呼ぶ。

ぱりんと、何かが壊れる音がした。


その日の夜中。公園の時計が十時を指し示す頃。

俺は、公園の地面をスコップにて必死に掘り起こしていた。花森はベンチに座り込み、うなだれたまま言葉を発さない。

あれから俺たちは、とにかく情報を集めた。

まずは夕ちゃんの家に行き、次に近所の家を訪ね回って。

さらにはマンションの近くにいたマスコミからも無理を言って情報を集め、ようやく全容を理解した。最悪としか言いようのない事件の全容を。

昨日、俺たちと別れた夕ちゃんはいつも通りに帰宅したのだ。

だけどその日は、母親の情緒がいつになく不安定だったらしい。

理性を失った暴力は止まらず、殴打は続き。目撃情報では、血を流す夕ちゃんを引きずりながら母親は近くのマンションを訪れたそうだ。

そして、悲鳴のような叫び声が何度も続いた後。ついに。

七階から落とされたにもかかわらず、植木がクッションになって死ななかったのは奇跡と言えるだろう。病院には入れなかったため確認出来なかったが、夕ちゃんは今も生死の境をさまよっているらしい。想像したくもないおぞましい姿で。

「あった」

暗い夜の下で地図を頼りに目当てのもの——お菓子の詰め合わせが入っているようなスチール缶を掘り起こした俺は、汗を拭いながらそれを手に取る。

結局、こんな形で掘り起こすことになるとは。だけど約束は約束だ。

あの子は言った。もし自分が行けなかった場合でも掘り返して欲しいと。

そして花森を祝って欲しいと。その約束を、守らなくてはならなかった。

缶の中からは、意外なことにノート一冊しか出てこなかった。

てっきり、花森へのプレゼントが入っていると思ったのに。

表紙に書かれた『お姉ちゃんへ』という愛らしい文字が月に映える。ここに、花森へのメッセージでも書かれているのだろうか。おそるおそるページを開く。

「え——」

そして、次の瞬間。思わず声を漏らしてしまっていた。

すぐにそれを後悔する。

「佐倉くん?」

花森が気づく。歩み寄ってくる。

俺は戸惑ってしまった。

「佐倉くん、何が書いてあるの」

「何も」

咄嗟《とっさ》に嘘を吐いた。当然見抜かれた。

「嘘」

「いや、これは、待って」

「何で。見せて」

「ダメだ。見るな」

「どうして」

「いいから」

「見せて」

「でも」

「見せてって言ってるでしょ!」

初めてだろう。花森がここまで声を荒らげたのは。

いつもの笑顔を捨て去った表情で、花森はノートを奪い、開く。そして目にする。
夕ちゃんからの、精一杯の復讐を。
「なにこれ」
「それが、夕ちゃんの本音だったんだろ」
ノート一面に書かれた文字の嵐。
それは、俺と花森へ向けたあらん限りの罵倒の言葉だった。
『くたばれ』『死ね』『消え失せろ』
そんな暴言が数えきれないほど、何ページにもわたって。
俺と花森の名前の横に、あらゆる侮蔑の言葉が書きなぐられていたのだ。
意味がわからなかった。何かの間違いか？
俺の脳が、あらゆる否定的な可能性を模索する。
だけど、続くページに書かれる真実が、可能性を唾棄させる。
『あたしとお母さんの仲を引き裂く人たちが、少しでも苦しむことを願って』
「うそ……」
それを見て理解する。
そういうことだったのかと。
花森も気づいてしまったようだ。真実を前に、朽ち果てたように立ち尽くしていた。

彼女はどうやら、殺された今でも母親からの愛情を求めていたようだ。家庭の闇を一身に受け、マンションから突き落とされて《死者》になって。ここまでは彼女の話した通りなのだろう。だけど、その後が違った。あの子も黒崎さんや広岡さんと同様に、自らの未練に嘘を吐いていたのだ。

思い出す。図書館で調べた被虐待児の特徴を。

どれだけ酷い目に遭っても、親の愛情を求めてやまないという記述を。

てっきり大人びた振る舞いから、精神的な成長を遂げたのだと思い込んでいた。《死者》となり、多くの死神と出会ったことで、彼女が急成長したのだと思い込んでいた。しかし、現実はそうではなかった。

《死者》になろうが、死神を相手にしようが、親への愛情は変わらなかった。

むしろ《死者》となったことで、あの子はより一層、親の愛情を求めてしまったのだ。

目的のためなら、死神を平気で欺くほどの壊れた少女に。

「…………」

花森は無言でページをめくる。

そこに書かれた文章が目に入る。

『あたしのロスタイムが終われば、お母さんは殺人罪で警察に捕まっちゃう。絶対そうはさせない。それを邪魔する死神は、全員敵』

いつだったか花森と交わした話を思い出す。

《死者》はみんな、苦しみだらけのロスタイムを終わらせたがっているという話。そう決めつけていたけど、それは真実ではなかったようだ。

夕ちゃんは、自分のロスタイムを守り抜こうとしていたのだ。

どれだけ苦しくても、辛くても、ロスタイムが終わった時に母親がどうなるかを知っていたから。だからあの子は、母親を殺めたい未練があると嘘を吐き、俺たち死神をまいたのだ。そればかりか、嫌われるためにあえて素直な良い子を演じ、着々と復讐の機会を窺った。全ては敵である死神を傷つけ、遠ざけ、少しでも自分のロスタイムを長く続けるために。

そこまで考えが及んだ時、夕ちゃんの力についてひとつの仮説が思い浮かんだ。

あくまで予測でしかない。だけど状況的に可能性は高い。

心臓を止めるという異常な能力。あれはもしかして、母親ではなく、夕ちゃんが自身の心臓を止めたかったという未練を表しているのではないだろうか。

かつて心室細動で死んでしまったクラスメート。

その子の母親は、息子への愛情を語っていたと言っていた。

夕ちゃんがそのことを強く覚えていたとするなら、もしかしてあの子は一度目の死の直前に、こう思ったのではないだろうか。このまま殺されて母親に前科がつく位なら、自分の心臓が病気で止まってくれたらよかったのにと。自分の母親が美談の中心になり、娘である自分への愛を語ってくれたらよかったのにと。そう思いながら死んだことで、そんな力を得たのではないだろうか。

今となっては、もうわからないが。

「花森」

呼びかけに花森は応えない。

無理もない。俺たちはあの子を救えなかったんだから。

後悔は止まらない。どこまでもどこまでも俺たちを苛ませる。

だけど、現実はさらに残酷だ。

うなだれながらも、冷静に頭の回る自分に嫌悪するしかなかった。

今から俺たちは、とてつもなく残酷な選択をしなければならないのだから。

「花森、今からどうすればいい」

「…………」

「おまえも、もう気づいているだろ」

花森は応えない。俺は止まらない。

「俺たちはあの子を、死なせてあげなきゃいけないんじゃないのか？」

「……っ」

　自分で言っておきながら吐き気がする。

　だけど、このまま放置するわけにもいかなかったんだ。

「あの子がロスタイムを生きる理由は、母親を逮捕させないためだった。しかしもう母親は逮捕されてしまった。今は意識不明で眠っているが、もし夕ちゃんが目覚めて全てを知ったなら。その前に、死神として任務を果たさなきゃいけないんじゃないか」

「だめ……だめ」

　ノートを握りしめ、花森は呻くように呟く。その表情は隠れて見えない。

　心臓が潰れそうなほどに悲鳴をあげる。でも迷う時間はなかった。

「あの子にとって俺たちは敵だ。親の愛情だけがあの子の全てだ。それがもう手に入らないと知ったら、あの子は間違いなく自分の心臓を止めてしまう。もしかしたら、自暴自棄になって、心臓を止める力を他人に使ってしまうかもしれない。ロスタイム中に起こったことがいずれリセットされるとしても、あんな幼い子を人殺しにさせちゃいけない。でも止める術がない。だったら俺たちは、死神の責任を果たさなきゃならないんじゃ――」

「でも……でも」

　花森の嗚咽《おえつ》が止まらない。俺だって同じだ。口ではこう言いつつも、そんなことが出来るはずないと理解していた。それでも提案せざるを得なかったんだ。

今日、事件について調べていた際に、とある中年男性と話をした。その男はたまたま通りがかり、夕ちゃんが突き落とされる現場を目撃したらしい。その男が「見せてやるよ」とスマホを見せてきた時、そいつを殺してやろうかと思った。どうして、あんなに痛ましい夕ちゃんを写真に収めようと思えたんだ。

どうして。

「あの子はもう自分の足で歩けない。前を見ることも出来ない。あんな姿で生きているのが奇跡なくらいだ。今のあの子は心臓が動いているだけだ。それも時間の問題だ。多少無茶な手段をとっても警察に捕まることはない。ロスタイムで起こったことは、全てなかったことになるからだ。だから、だから俺たちは」

「そんな……いや」

この時、初めてだろう。

花森が泣き声をあげた。

震えて、怯えて、魂を削るような悲痛の声を。

それは、俺の内側を絶望と共に削り取ってゆくようで。

彼女の心が限界だと知らしめるに十分だった。

「っ、花森！」

どさりと。花森が崩れ落ちた。慌てて駆け寄る。

息はある。意識もある。だけど心が受け止められずにいる。

「お願い……どうか……それだけは」

「花森、だけど」

「お願い……」

——個人的にどうしてもたすけてあげたい女の子なの。

海の見える砂浜で、花森が言っていた台詞を思い出す。

俺は、俺は。

「くそ、くそ」

三日月よりも薄い秋月の下。

愚かにも決断を下すことが出来なかった。


翌日のことだ。夕ちゃんに関するアルバイトは、あっけなく終わることとなる。

結局あの後、俺たちは身動きをとることすら出来なかった。

自動販売機で水を買い、花森をベンチに寝かせて、そのまま長い長い夜を過ごすしかなかった。時折、寝ているのか覚めているのか、花森が「お願い」と呟いていた。そのひとことが、俺を闇夜の下に縫い付けた。

夜が明けた後も状況は変わらなかった。

花森は身体を動かすことが出来ず、仕方なくタクシーを呼ぼうかと思ったところで、全ては終わった。

夕焼けのような赤く禍々しい朝焼けの中。

ふと、握りしめていたノートがなくなっていることに気づいたのだ。

花森もそれに気づいたらしい。その瞬間に、唇を噛みしめるほどの悔しさと共に、ほっとした自分の本音に気づいていた。

医師の力が及ばなかったか、それとももうひとつの理由か。今となっては確かめる術がないが、とにかく終わったんだ。それだけが俺の中心を貫いていた。絶望と失望と、ほんの少しの安堵を乗せて。

「夕ちゃん」

花森が、顔を手で覆いながら小さく呟く。

あの子は一体どんな思いだったのだろう。

母親に殴打され、マンションより突き落とされて。それでも耐え忍び、死者の力を使わずにいたあの子は、一体どんな思いだったのだろう。

もう俺は、あの子の気持ちを何ひとつ想像できなくなっていた。

終わったと思っていた。

悲劇はこれで終わったのだと思っていた。

悲しくて辛くて張り裂けそうだけど、それでもこの件は終わったと思っていたのだ。

幸せは、いつだって失ってから気づくと知っていたのに。

終わるはずだった。悲劇は終わるはずだった。だけど、まだ終わっていなかった。

本当に世界は俺たちを追い詰める。

夕ちゃんの復讐は、ここからが本番だったのだ。


「よぉ。ここにいたか」

「え」

永遠とも思えるほどの時間が、どれくらい過ぎた頃か。

ベンチに座り込む俺と花森に、ひとりの男が声をかけてくる。

その顔を見て、呆けた声を絞り出した。

「雨野さん」

「ああ。宿無しおじさんこと雨野おじさんだぜ」

にたりと笑う顔に、眉を顰《ひそ》めざるを得なかった。

何だ。どうして笑っていられるんだ。夕ちゃんが死んだというのに。

まさかまだ知らないのか。だったら教えてやらないと。そう思って。

しかしそんな思いは無用となる。雨野さんが、予想外の事を言い出したからだ。

「さて少年よ。例の宝探しはいかがだったかな？」

「は？」

「最高だったろ、呪いのメッセージは。あれは俺が授けたアイディアなんだぜ」

「え——」

雨野さんのその台詞に。俺と花森は、虚ろな声を漏らしていた。

何だ。何を言ってるんだこの人は。

雨野さんが夕ちゃんに授けたアイディア。どういう意味だ？

そんな俺たちを前に、雨野さんはにやにやと嗤《わら》い、正体を明かす。

「あんたは、まさか夕ちゃんと」

「そうだ。言ったろ。俺は嬢ちゃんの宿題を手伝う。嬢ちゃんは酒代を恵む、とな」

くははと笑いながら、雨野さんは日本酒のカップを呷《あお》る。酔った目で見下ろす。ぞっとするほど冷たく、冷酷に。それを前に言葉を失うしかなかった。

「俺はなぁ、嫌いなんだよ。不幸な俺を差し置いて楽しそうにしてる人間共が。俺があんな不幸な死に方をしたってのに、それを知らずにへらへら笑ってる奴らが大嫌いなんだ。だから、そいつらを軒並み不幸に叩き落とすと決めてるんだよ。そんな俺は嬢ちゃんとの相性が抜群に良かった。鬱陶《うっとう》しい死神を追い払いたい。ならば、俺が効果的な方法を教えてやるって感じでな。俺の言う通りに嬢ちゃんが動き、最終的に裏切られた死神が傷つく姿は最高だったぜ。勉強になったな少年。《死者》がみんな善人ってわけじゃねぇ。俺みたいに人の不幸を飯にする《死者》もいるってことだよ。くははは」

「……この」

笑い顔に、声に、怒りが止まらなかった。

よくも夕ちゃんを弄《もてあそ》びやがって。掴みかかりそうになるほど、頭に血が上っていた。

だけどそれをしなかったのは理性が働いたからじゃない。その男が、信じられないことを言い出したからだ。

「さて。そんな俺たちだが、まさかここで嬢ちゃんが成仏しちまうとは思わなかった。いいコンビだったのによ。だけど心配するな。嬢ちゃんよりとっておきの情報を授かってる。このネタを残しておいてくれたことに感謝するぜ」

「は？」

「——っ！」

訝《いぶか》しむ俺は眉を顰《ひそ》める。同時に、なぜだろう。それまで俯いていた花森が、急に立ち上がったのだ。これまでにない青ざめた顔で。

そして雨野さんに問いかける。虚ろな瞳と壊れた声で。

「待って。何を言う気なの」

「くはは。もうわかってるだろ」

「やめて。お願い」

「やなこった。俺がこの時をどれだけ楽しみに待っていたと思う」

「お願い。何でもするから」

「いらねぇな。おまえはただ、そこで打ちひしがれてればいい」

「待って。お願い。どうか」

花森が叫ぶ。あっけにとられる俺の隣で、金切り声をあげる。

何だ。何の話をしてる。一体おまえらは何を言っている。

次の瞬間。俺は、真の絶望を知る。

「少年。《死者》は《死者》を見つけられるって話は知ってるよな」

「それがどうした」

「待って。やめて」

「そこの女子高生は、おまえよりも一足先に四宮の嬢ちゃんに会いに来たって聞いてるぜ。なんでだと思う?」

「それは、まずは女同士で話をするために……」

「そう。それだけ。それだけの話なの」

「いや違うね。黙っておいてもらうためさ」

「は？　何を」

「やめて。やめて。お願い」

「そいつは《死者》だ。《死者》でありながら死神をやってる女なんだよ」

「――え」

言葉を失う。呆然とする。

世界が音も無く動きを止める。

この瞬間、俺と花森の未来が消えてしまった。

五章　幸せの花

「は？」

呆けた声がこだまする。当然だろう。

花森が《死者》でありながら死神をやっている？　一体おまえは何を言ってるんだ。

しかし、困惑する俺を他所《よそ》に花森は沈黙する。雨野さんは続ける。

楽しそうに、不快な笑みを浮かべたまま。

「その様子だと知らねぇみたいだな。死神には二種類いるんだよ。半年限定のアルバイトと、《死者》でありながら死神になる無期限タイプがな。結構有名な話だぜ」

雨野さんは笑う。笑い続ける。

抗えない絶望を吐き出しながら。

「長く《死者》をやってるとお誘いが来るんだよ。死神になって他の《死者》と触れ合い、自分を見つめ直さねぇか、てな。そこで応じれば、面倒を見る側になるってわけよ。そんでもって雇用期間に制限のないそいつを中心に、アルバイトを育てる寸法さ。じゃないと業務が滞っちまうだろう？」

「そんな、嘘に決まってる」

呟きながらも、全てを否定しきれずにいた。

確かに疑問には思っていた。花森が随分と経験豊富であることを。死神になるのが俺より少し早いだけで、ここまで差がつくのかとは思っていたんだ。

だけど。

「いや、やっぱり嘘に決まってる。《死者》は《死者》を見つけることが出来る。でも、これまで出会った《死者》は、花森を前にしても何も言わなかった。だから嘘だ」

恐怖から逃れるようそう告げた。

花森を庇《かば》うために。いや違うか。自分自身を守るために。

それでも希望は簡単に潰される。

「騙されやがって。四宮の嬢ちゃんは言ってたぜ。最初に女子高生がひとりで来て『自分が《死者》であることは内緒にして欲しい』と頼まれたと。本当に心当たりがないか？」

「……っ」

信じたくないのに、これまでの違和感が蘇ってしまう。

朝月に黒崎さんに広岡さん。いつだって花森は一足先に挨拶に行っていた。さらに、今になって思い出すこともある。

黒崎さんは消える間際、「あんたも大変なのに世話になったな」と言っていた。広岡さんも「あなたにどうか幸がありますように」と告げていた。ただの挨拶かと思っていたが、今なら違う意味を見出せる。雨野さんと初めて出会った時も、花森は必要以上に警戒していた。それらの意味を考えるなら。

まさか、そんな。

「花森。嘘だよな」

「……」

「花森。何で何も言わないんだ」

「……」

「花森、嘘なんだろ」

「……」

「花森！」

「くははは」

絶望する俺を前に、雨野さんは嘲《あざけ》り叫ぶ。

不気味に燃える朝焼けに、得体の知れない怒りを散蒔《ばらま》くように。

「それだ。それが見たかったんだ。ありがとよ嬢ちゃん。最後にとっておきの絶望をくれて。このロスタイムは最高だ。こうやって俺は不幸を並べていきたいんだ。俺をあんな目に遭わせた世界なんて、どいつもこいつも不幸になればいいんだくそったれ！」

嘆きに似た感情の爆発。それを前に気圧される。

止まらない。どこまでも嗤《わら》い尽くす。

もう、その顔を見る勇気もなかった。

「じゃ、用も済んだし帰るよ。嬢ちゃんから最後のメッセージだ。『あなたたちに最大の不幸が訪れますように』だってよ。じゃあな死神」

一通り笑い尽くすことで満足したのだろうか。

雨野さんはそう言い残し、あっさり去って行った。

残される俺たちは立ち尽くすしかない。

「佐倉くん」

「……何だ」

そうして、いよいよその時は訪れる。

ついに花森はこの関係を終わらせる。

「いつか言ったよね。時間を止める死者の力があるって」

「ああ」

「あれは私の力なの。ごめんなさい」

一瞬のことだった。

突如、目の前から花森が消えたのだ。煙のようにどころじゃない。本当に唐突にあっけなく。数秒経って理解する。あいつが、時を止めて去って行ったということに。

「これは」

さらに、自分の手に何かが握らされていることにも気づく。

何のつもりかはわからない。そこにあったのは一万円札だった。時間を止めている間に握らされたのだろう。これは一体何を意味するのか。それを考えるだけで、無性に腹が立った。こんな、こんなもので。

「くそ、くそ」

ベンチを蹴飛ばす。その程度で収まるわけもない。

何度も蹴飛ばす。何度も何度も。

「くそ、くそ、ちくしょう！」

ぶつけようのない怒りは、どこまでも俺を離さなかった。


結局、その日は何も進展しない一日となった。

公園で呆け、自販機でコーヒーを買って、飲む気も失せて投げ捨てて。

バスで地元に戻った後は、図書館へと向かった。ロスタイムが終わったことで、夕ちゃんの事件がどうなったかを確認したかったからだ。

パソコンを立ち上げ、関連ワードを放り込んで該当記事をクリックする。そこで見た事件の結末は、なんともやりきれないものだった。

夕ちゃんを突き落とした母親は、たった五年の懲役刑で済まされていた。職場での過度なストレスが認められたからなのか。裁判官が述べた「彼女は加害者であり、愛する子を失った被害者だ」という記述が屈辱だった。この記述を夕ちゃんは喜ぶはず。そう納得するしかなかった。

そうして家に帰った後も、何もせず横になっていた。ほとんど寝ておらず、疲れきっていたからだ。とにかく眠ることで楽になりたかった。だけど、そんな中で安眠が得られるわけもない。

何でだ。どうして教えてくれなかった。

そんなことばかりが頭を駆け巡る。

拳を枕に叩きつける。相変わらず俺の幸せは長続きしない。手に入ったと思った瞬間、するりと掌より失われる。絶望の夜は一睡も出来ず、月曜の朝を迎えていた。吐き気がするほどの苦しみに蝕まれていた。

(とりあえず、学校行かないと)

それでもそう思えたのは、わずかな希望を求めていたからか。

とにかく会って話せたなら。そう信じ、暗い通学路をひとり歩く。しかし、そんな思いも無意味となる。

その日、花森は学校に来なかった。

翌日も、さらに翌日も。

なんと、そこから二週間経っても学校に姿を現さなかったのだ。

さすがにクラスメートも心配していた。盗み聞きする限り、連絡すら取れないようだ。

先生に訊《き》いても家庭の事情と諭されたとか。その事実に、うなだれるしかない。

どうする。どうすればいい。

まさかこんなことになるなんて。

もちろんその間、何もしなかったわけではない。電話をかけたり、勇気を出して花森の友達から住所を訊き出し、訪ねてみたりしたのだが、結果は予想通り。

スマホは電源が入っておらず、家に行っても会うことは叶わず。

花壇が綺麗な一軒家のチャイムを押すも、気づけばまたも一万円札が握らされていた。

悔しい。悲しい。俺たちの関係がこんな形で終わるなんて。

その事実に、もう身動きすらとれなくなっていた。

「これからどうしたらいいんだよ」

沈みゆく太陽は何も答えなかった。


そうしてそこから、本当にどうしようもない日々は続いてしまった。

十月になり、衣替えをして、寂寥《せきりょう》と虚無が深まる中。

何も見出せない、何も解決出来ない時間が過ぎていったのだ。
朝起きて学校には行くが、花森には会えず。
かといって放課後になってもそれは変わらず。
ただただ寂寞《せきばく》とした日々が過ぎていった。
苦しかった。ただただ苦しかった。
花森が《死者》だった。
もう既に死んでいる命だった。その事実が俺を追い詰める。
本当にどうにもならないのか。
本当にもう、別れる運命から逃れられないのか。
そもそもあいつはなぜ死んだんだ。
どんな思いでこのロスタイムを過ごしてきたんだ。
そんなことばかりが頭を巡り、脳を締め付ける。
夜の闇の中、得体の知れない怪物が舌なめずりをする。
ずらりと並んだ牙が悪夢をもたらす。
心の底に黒い水が溜まってゆく。赤い心臓が溺れてゆく。
いつだったか花森より貰った退職届の存在を思い出す。
決意する時が来たのだろうか。答えは出ない。

どうしようもない時間が過ぎ、十月も半ばを過ぎる。

花森と会えなくなって、なんとひと月が経とうとしていた。

そんな日々に、思わぬ形で希望は訪れる。

とある日の真夜中に、それは予想だにしない形で現れるのだ。

「お、真司か」

「親父」

その日、早々と眠ってしまったものの浅い眠りに目が覚めて、水でも飲もうかと台所に向かったのだが。そこで、いつの間に帰ったのだろう。

リビングにて、電気もつけず座り込む親父を見つけたのだ。

「何だか久しぶりだな。おまえちょっと痩せたか？」

「人のこと言えんのかよ。そっちも痩せすぎだぞ」

ぶっきらぼうに返しながらも、突然の再会に少し戸惑っていた。運送業で全国を飛び回る親父とは本当に久しぶりの対面だったし、何より色々ありすぎたから。どう接すればいいのかわからなかったのだ。気まずい空気が漂い出す。

ただ、そう思っていたのは俺だけだったようで。

「どうだ真司。最近、学校は問題なくやれてるのか？」

「え」

暗闇より陽気に飛んでくるその声が、一瞬にして俺の心を溶かすのだ。

「えと、普通かな。うん普通だ。そっちはどうなんだ。口座の残高が全然増えてねぇぞ」

「ははは。もちろんうまくいってない。さすが前科持ちってとこだな」

「何開き直ってんだよアホ親父」

親父の悪ふざけに、悪態を吐きながらも小さく笑う。

事情を知らない人が今の会話を聞いたなら激怒するだろう。おまえのせいでこうなっているんだぞと。でも、俺はそうはならなかった。だって知っていたから。親父が捕まったのは、親父が馬鹿がつくほどに尊敬出来る男だからだと。

その思いが正しいと、すぐに知る。

「で、彼女とはどうなんだ。どこまでいった」

「彼女なんていないよ。アホ親父のせいでな」

「嘘つけ。さっき見つけたぞ。あのイカした水着は何なんだよ」

「ただの水着だ。友達と遊びに行くための――」

「いや嘘だな。おまえが友達と遊ぶために金を遣うなんて。女だ。そうだろう」

「……べつに付き合ってるわけじゃ」

「だはは。やっぱり女か」

「ああもう鬱陶《うっとう》しいな。何なんだよ一体」

何気ないひとことのつもりだった。

だけど、返される言葉は予想外のものだった。

「いや、何だ。もう五ヶ月になるのか、朝月さんのお子さんが亡くなってから。あの時のおまえは目も当てられないくらい憔悴していたから……その、気になってな」

「え――」

予期せず放たれた弱々しい声に、思わず息を詰まらせる。

知らなかった。朝月が事故死した世界では、俺がそんなことになっていたなんて。でもそれも不思議なことでもないのかもしれない。

俺は朝月のことが好きだった。

その朝月にもう会えないと知った時は、世界が終わるような絶望を覚えた。

ならば、本来の歴史における俺が苦しんでいたとしても不思議ではない。ただ、今の俺にとってそれは知らない世界の話なので、面食らってしまったというわけだ。

そんな俺に親父は何を思ったのか。

渋みのある声で語り始める。

「気になってたんだ。おまえは昔から優しい子だったから。足を怪我した時も、母さんが出て行った時も、いつだって心配をかけまいと気丈に振舞っていた。そんなおまえが、あの時だけは見たこともないほどに荒れ果てて。あんなの初めてだったから。怖かったんだよ。傷ついたおまえが、俺の前からいなくなりやしないかと」

「……何言ってんだよ。俺がいなくなるとか、ありえねぇだろ」

ぶっきらぼうに返しながらも、震えた声は隠せない。

親父が怯えていたことを知らなかった。本来の歴史における俺が、そんな状態だったと知らなかった。

そして何より、同じく朝月を失ったにもかかわらず、今の俺がそれなりに前に進めていたということに、今更ながら気づいていた。今でこそ失意の底にいるが、ちょっと前までは確かに前に進めていた。その理由は、ひとつしかないだろう。

心の真実は、夏の嵐のように訪れる。

暴風のように、雷鳴のように、突如現れる。

「真司。俺は本当にダメな親父だ。つい感情的になったことで、家族の幸せを壊してしまった。そんな俺が偉そうに言えるわけもないが、どうかおまえだけは幸せになってくれ。台所に貯めてある金を見たぞ。バイトでもしてるのか？　あれも自分のために使ってくれよ。それが俺の一番の幸せだから」

「わかってるよ。欲しいものがあるから貯めてるだけだ。何なんだよさっきから。酒でも飲んでんのか？」

いつになく弱さを見せる親父に、恥ずかしくなった俺はつい誤魔化《ごまか》した。親父が酒なんて飲まないと知っていたのに。

そんな本心は見透かされたようで「どうかな。おまえは小さい頃も小遣いを貯めて、母さんが欲しがってた財布を買ってたろ」と言う。もう忘れたよと返す。本当は覚えていた。褒められたくて当時の俺はそうしたことを。覚えていてくれたことが嬉しかった。久々に親父と浸る夜は、たまらなく心地よかった。

ふと感じる。

ああ、やはり俺たちは親子なんだなと。

政治家をやめた親父は、知名度を活かして会社を立ち上げて。だけど、かつて親父の政敵だった奴に邪魔をされて。その男に部下を侮辱されたことで、つい手をあげてしまって。相手が悪かったのだろう。元政治家の暴力は傷害事件にまで歪曲された。

暴力は暴力だ。馬鹿な親父を庇《かば》うつもりはない。

だけど、部下のために怒った親父のそれは、ひとつの優しさだと信じている。自分ではわからないが、もし俺が優しいというならば。それは間違いなく親父から受け継いだものだろう。自信をもってそう言える自分がいた。

絶望の中で、ふと訪れた心の邂逅《かいこう》。

不思議な何かが渦巻く夜だった。

後に思えば、そんな夜が全てを導く灯となったのだろう。

翌日。休日の朝より、自然と足を運んでいたのは朝月の家だった。

「すみませんでした。あの時はどうかしていて」

「気にしないで。私の方こそごめんなさい。あなたが悪い子じゃないと知っていたのに、酷いことを言ってしまって」

チャイムを鳴らし、顔を覗かせた朝月のお母さんに、すぐさま頭を下げた。朝月が消えたあの日、知らなかったとはいえ、この人をひどく傷つけてしまったのだから。

そんな俺を見て、朝月のお母さんは戸惑っていた。

怒りか驚きか。わからないけど、そこには確かに複雑な感情が渦巻いていたのだ。

しかし、しばらくした後に、にこりと――朝月そっくりの穏やかな笑みで、俺を許してくれた。その瞬間に、渇いた心が潤う気分だった。同時に、やつれた頬から事情を察する。

心臓の奥がずくんと痛む。

「今日は夫が出張でいなくて。来てくれたこと、夫にも伝えておくわね」

「わざわざすみません。ありがとうございます」

家に上げてもらい、廊下を歩き、何気ない話をしながら、焦燥を抑えるのに必死だった。

正直、ここに来るのに相当の覚悟が必要だったからだ。

いつか謝罪に来なければと思いながらも遅れたのは、あらためて朝月の死に向き合う必要があるとわかっていたからだ。さらには娘を失ってしまったこの人に会うのも怖かったから。それほどに、あの日受けた罵倒は拭えぬ泥となってこびりついていたのだ。

だけど、そんな俺でもこの人は許してくれた。

ならば俺も進まなくては。

今日ここに来た理由は自分でもわからない。ただ、親父と話した昨日の夜に、なぜかここに来なければと直感が囁《ささや》いたのだ。アルバイトの始まりとなったひとりの少女。止まった時を動かすには、きっと彼女の力が必要だと感じていたから。

「どうぞ佐倉くん。静香に挨拶してあげてね」

「はい」

といった具合に決意を固める中、辿り着いたリビングでついにその時は訪れる。

一体いつぶりだろうか。忘れることのない愛しい笑顔。

随分久しぶりとなる、愛した少女との再会だった。

「久しぶり、だな」

朝月。

仏壇に収められた少女の遺影に、ぽつりと呟く。

艶やかな黒髪に、控え目で清楚な顔立ちと笑み。それを前に、薄く微笑む。

この写真は高校の入学式の時に撮った写真だろうか。まだこの時は付き合っており、お互いの人生がそれなりに輝いていて。それゆえに俺も朝月も自然と笑えていたんだ。その幸せが、いずれ壊れるなんて知らなかったから。

遺影の前に正座する。淡い笑顔を前に押し黙る。

何だろう。ここに来ると、もっと特別な感情が湧くのかと思っていた。だけど、もうそれなりに時間が経ったからだろうか。いざとなっても激情は感じず、ああ、本当に死んだんだなという虚しさだけがそこにあった。何とも侘しい思いだった。

「お茶を淹れてくるわね。ちょっとだけ待っていてちょうだい」

「はい、すみません。ありがとうございます」

そんな俺を他所《よそ》に、朝月のお母さんは席を立つ。もしかしたら俺に気を遣ってくれたのだろうか。だったら感謝するしかない。ようやく訪れた二人きりの時間。朝月に話したいことが死ぬほどあったのだから。

「朝月、久しぶりなのに悪いんだけどさ。俺、どうしたらいいんだろ」

語りかける。

ぐしゃぐしゃの折り紙を、少しずつ開いてゆくように。

「おまえがいなくなったあの日から、ずっと頑張ってきたんだ。死神として頑張ることで、おまえの真実に辿り着けると信じていたから。だけど難しいな。何かを掴めそうだったのに、結局夕ちゃんを救えず、花森とも会えなくなった。本当に後悔してばかりだ。何で俺の人生は後悔ばかりなんだろうな。本当に」

呟きながら自覚する。

ああ、俺は本当に感情でしか動けない奴なんだと、あらためて知る。

朝月の真実を知りたい。花森のことがわからない。そんな苦しみに希望を見出したくてここに来たというのに、俺の心を満たすのは悲しみではなく怒りなんだから。

どうしてだ。

どうして何も言ってくれなかったんだ朝月。

ずっと押し殺していた彼女への怒りが、とめどなく溢れてしまう。

《死者》であること。最後の時間だったこと。

知っていたなら、なぜ何も教えてくれなかったんだ。何も言わずに消えてしまったら、俺が苦しむなんてわかりきっていたことなのに。

「頑張ったんだ。本当に頑張ったんだぞ。広岡さんの時も夕ちゃんの時も。うまくいかないこともあったけど、それでも俺は頑張ったんだよ。このバイトを続けていけば、真実に辿り着けると信じて。なのに、結局は何も残らなかった。後悔ばかりがここにあるんだ。なんで、どうして俺を置いていったんだよ。どうして――」

うなだれる。崩れる。

答えの出ない苦しみに、声にならない嗚咽《おえつ》が零れる。

走れなくなった足、優しかった母さん、輝いていた未来、朝月、花森。

全てを失った俺は、もうこの世界で生きていく方法がわからなくなっていた。

(朝月、花森……俺は一体、どうしたらいいんだよ)

握りしめた拳は、痛みすら感じなくなっていた。


しかしここで。

そんな俺を掬《すく》い上げてくれる声が、かかるのだ。

遠い過去より、俺の知らない世界を通って。

きっと今日、ここに来たのは偶然じゃないと思える声が。

「佐倉くん、どうぞ」

「あ、すみませ──え？」

うなだれる時間がしばらく過ぎた頃。

俯く俺に、いつの間にか戻ってきた朝月のお母さんがお茶を出してくれたのだが。

何だろう。朝月のお母さんはそれと一緒に、小さな手帳も差し出してきたのだ。紫色の、朝月が好きだと言っていた色の手帳を。

その正体は、朝月のお母さんより直々に語られる。

「ごめんなさい。もっと早くに見せるべきだったのに、今日まで遅くなって。これは、静香がつけていた日記帳。時々あの子に見せてもらっていたんだけど、ここにはあなたのことがたくさん書かれているの。だから、是非とも見てもらいたいと思っていたのよ」

「え――」

そこまで聞いてハッとする。

そうだ。思い出した。付き合っていた頃、確かに朝月は言っていた。

簡単な日記をつけていると。なんとなく思ったことを毎日書き記していると。

というか俺は見せてもらったこともある。何てことのない、その日にあったことを淡々と書いてあるだけの日記帳を。

しかし今、朝月のお母さんは見てもらいたいと言った。

俺のことが書かれているとも言った。

それは、一体。

「佐倉くん、今更こんなことを言っても辛い思いをさせるだけでしょうけど、それでも言うわね。あの子はずっと望んでいたの。あなたともう一度やり直せることを。一緒に勉強して、一緒の大学に通って。そうやって、もう一度二人で未来を築くことを望んでいたの。その日記帳には、いつからかしら。今日あった辛いことよりも、明日起きて欲しい希望が書かれるようになっていたわ。届かない未来を手繰り寄せるように」

「──っ」

聞き終えた瞬間、俺は無心で手帳を開いていた。

考える間もなく目を走らせた。そして言葉を失った。

そこには本当に、朝月が望んだ未来が溢れていたから。

『詩織の検査で、いい結果が出ますように』

『おばあちゃんの風邪が治りますように』

『真理が部活の大会で優勝できますように』

今日あったことではなく、朝月が明日に夢見た儚い希望。そんなものが優しい文字で書かれていたのだ。祈るように、願うように、美しい字で。

さらに、その中には俺について書かれたものも本当にあった。

『佐倉くんと同じ大学に行けますように』

『佐倉くんといつか旅行に行けますように』

『佐倉くんと幸せな家庭を築けますように』

そして。

「あ──」

『佐倉くんと二人きりで、いっぱいわがままな時間を過ごしたい』

（これって）

思い出す。あの日の夜を。

朝月が最後に言っていたあの台詞を。

——今日は本当に楽しかった。わがままを聞いてくれてありがとう。ばいばい、佐倉くん。

（朝月……おまえ、もしかして）

ああ、そうか。そういうことだったのか。

手帳を前に、ようやく理解していた。朝月との、最後の夜の真実を。

言っておくが、ただの仮説だ。仮説に過ぎない想像話だ。だけど、それでも確信があった。朝月はおそらくあの夜に、自分だけの幸せを求めたのだという確信が。

花森は言っていた。

朝月は妹さんとの仲直りをあきらめたと。黒崎さんがそうだったように、未練を晴らすことをあきらめたのだと。もう、どうしようもないと受け入れて。だけど、どうやらその後の選択が黒崎さんと違ったようだ。

朝月は選んだのだ。

この世を去る前に、俺と二人きりの時間を過ごすことを。

精一杯にわがままを言って、自分だけの幸せを手に入れたいと。そんな未来を望んだのだ。喩えそれで、俺が苦しむとわかっていても。

朝月が《死者》であることを知ってしまえば、間違いなく俺はろくな話をしなかっただろう。なんで。どうして。そんなことばかり喚いて朝月を困らせたに違いない。

そんな俺のことをわかっていたから、朝月は《死者》であることを伏せたのだ。

過去の後悔ではなく、希望溢れる未来の話をしたかったから。だから花森に口裏を合わせるよう頼んだのだ。《死者》であることを言わないで欲しいと。

朝月のお母さんは言った。

いつからか朝月は辛い過去ではなく、明日への希望を書くようになったと。

それは、俺と別れ、妹さんともうまくやれず、それでも人生に希望を持ちたいがゆえに書かれたものではないだろうか。だとするなら、俺と語らった最後の時間は、朝月なりの最後の清算であった可能性が高いのだ。

俺に何も明かさないことで、手帳に書かれた夢を二人で描いて。

思う存分に、自分だけの幸せをわがままいっぱいに享受したのだ。

俺が傷つくと知っていても、きっと許してくれると信じて。

もしこの想像が当たっているのだとしたら、これほど嬉しいことがあるだろうか。

だって、きっと世界で俺くらいだろう。

控え目で優しい朝月に、こんなわがままをさせてあげることが出来たのは。

「ごめんね佐倉くん。こんなものを見せられても困るわよね。でも、どうしてもあなたに見てもらわなきゃいけない気がしたのよ。何でかしらね」

「いえ、ありがとうございます。おかげで救われました」

朝月のお母さんの申し訳なさそうな顔に、正直な気持ちでそう応えた。

救われた。間違いなくひとつ救われたんだ。

このタイミングで、ずっと求めていた真実に辿り着けるとは思ってもいなかった。それだけではない。救われた心はもうひとつあるのだ。

(朝月、俺は)

ふつふつと、魂に火が灯るのを感じていた。

あらためて思う。このロスタイムは残酷だけど、何もかもが残酷かというと、そうではないことに。

朝月は未練を晴らせなかった。妹さんと最後まで仲直り出来なかった。それでも無事に旅立つことが出来た。この世界にちっぽけな幸せを見つけたことで、穏やかに旅立つことが出来たんだ。

何も出来なかったと思っていた。

でも、そうではなかった。

それらを受け入れるまでに導いてくれた存在があるとするなら、やはりそれはひとりしかいない。過酷な日々を支え、隣に寄り添い続けてくれたのは、どう考えてもあいつ以外に見つからない。

（――花森）

その名を呼ぶ。今もきっと、ひとり怯えている少女の名を。

俺は知らない。あいつがなぜ死んだのか。だけどそんなのどうだっていい。もっと大事なことを知っているのだから。

あいつはいつだって側にいてくれた。

陽気で能天気で、ちょっとやらかしがちだけど、いつも隣で笑いかけてくれて。

自暴自棄になった俺を見捨てずにいて、寂しさを埋め、ひとりじゃないと教えてくれた。

そして色んな《死者》に出会わせてくれた。

――どうしても叶えたい願いがあるのかな。どうしても、どうしても。

いつだったか聞いた花森の願い。あの時、花森のことをもっと知りたいと思っていた。

その理由は、もう知っている。

あいつは俺をたすけてくれた。輝く笑顔で太陽のように照らしてくれた。

だったら次は俺の番のはずだ。

所詮、俺の時給は300円。たこ焼きを買えば時給が吹っ飛ぶようなブラックすぎるアルバイト。でも、この仕事は最高だ。誰かを救えるうえに金まで貰えるんだから。

困っている《死者》がいる。だったら俺が行かないでどうする。

だって俺は、時給300円の死神なのだから。

「すみません。俺、行きます」

「え」

ぱたんと、手帳を置き、立ち上がった。

そんな俺を、朝月のお母さんは驚くように見つめている。

そりゃそうだ。来るだけ来て、手帳だけ見てすぐに帰ろうとするのだから。

でも、躊躇《ためら》いはなかった。

「来たばかりなのにすみません。ですが、今すぐ行かなきゃならないんです。俺はずっと悩んでいました。静香さんのために何が出来たのかと。だけど、この手帳を見て確信出来ました。きっと、ほんのちっぽけだけど、静香さんの幸せに役立てたということを。そして、だからこそ行かなきゃならないんです。この幸せを、次の世界へと伝えて行かなきゃいけないから」

「…………」

朝月のお母さんは、ぽかんとしている。

当たり前だ。今の説明は、どう考えても事情を知らない人にすべきものではないのだから。しかしそれでも、あえて偽らず伝えたのには意味がある。伝えたいのは理屈じゃない。俺が、あなたの娘に救われたんだという心を伝えたかったから。

「……ふふふ」

「え？」

そんな俺に、何だろう。

てっきり首を傾げられるかと思っていたが、意外にも朝月のお母さんより返されるのは穏やかな微笑みだ。何度も見た、朝月そっくりの笑みが向けられる。

不思議と、朝月の声が重なって聞こえた。

「佐倉くん。よくわからないけど、救われたのならよかったわ。今のあなた、すごくいい顔をしてるもの。サッカーをやっていたあの頃みたい。きっとあの子も喜んでいるわ。誰よりも大切な男の子を笑顔にすることが出来たんだから」

「――はい、ありがとうございます」

その言葉が、何よりも嬉しかった。

遠い世界から、ずっと求めていた朝月の声が聞こえた気がしたから。

一礼し、さよならを告げ、駆け出した。一瞬、視界の端に映った遺影が微笑んでくれたように感じた。きっと気のせいではないのだろう。

廊下を走り、玄関を飛び出し、青空と太陽の下を走り抜けた。

そう、走ったのだ。走れないはずのこの俺が。

当然だ。走れるに決まっている。

だって俺は、走るのが得意なんだから。

命を燃やし、魂を震わせ、走り続けた。

雲を突き破るように、青空を突き抜けるように、走り尽くした。

風は、どこまでも味方してくれた。


「……ふう」

それから、ひたすらに走り尽くす時間が過ぎて。

夕刻頃。走りに走り回った俺は、陽の沈む海辺にてぽつんと座り込んでいた。何をするでもなく、何を語るでもなくぼんやりと。

なぜこんなことをしているのかというと、少し時間を遡《さかのぼ》る。

朝月の家を飛び出した後、自宅に戻った俺は花森のスマホに電話をかけた。もしかしたら通じるかと期待して。だけど予想通り電源は切られていた。この様子では自宅に行ったところでまた小遣いが増えるだけだろう。ならばとばかりに次の手に出た。

「おい待て！　やめろ、嘘だろ⁉」

「残念ながら本気です。覚悟してください雨野さん」

俺がとった手段とは、実にシンプルなものだった。

バスに乗って夕ちゃんがいた街に行き、再び走り回り、公園で昼寝していた雨野さんを見つけだし、喉元にカッターナイフを押し当てたのだ。

　俺の顔に本気を感じたのだろう。雨野さんは真剣に焦っていたが、手を緩める気など微塵もない俺は「花森と話がしたい。協力しろ」と囁《ささや》いたのだ。「い、言う通りにする。たすけてくれ！」と叫ぶ雨野さんは、本気で青ざめた顔をしていた。

　何がしたかったのかというと、ようは花森に打ち勝つ方法を探していたのだ。

　時間を止める力。はっきり言って強すぎる。これがある限り、どう近づいたところで逃げられてしまう。現に二度、まかれているのだから。

　ならばどうするか。

　辿り着いた答えは、死者の力をもって制するというものだった。

　雨野さんの力は知らないが、何もないよりはマシなはずだ。もしダメだったとしても、その時は雨野さんに他の《死者》を探させ、その人に協力をお願いすればいい。そうすることで、いつかは花森を出し抜ける力に出会えると思ったのだ。

　そして幸いなことに、そこまでせずとも事は運んだ。

「俺の力は、頭ん中で対象人物を思い浮かべれば、どれだけ離れていてもテレパシーでメッセージを送れる能力だ。一方通行なのが不便だがな。これを使って四宮の嬢ちゃんとこっそり会ってたんだ」

　冷や汗まみれの雨野さんから説明を受けた俺は、早速俺自身にテレパシーを送らせる実験をした。そうして真実だと判明した後、これは使えると確信し、花森へメッセージを送るよう指示したのだ。『海の見える砂浜で、永遠にキミを待つ』というメッセージを。

「雨野さん。本当に送りましたよね」

「送ったよ。俺の力についても説明して、確かに送ったさ」

「信用できません」

「この状況で嘘つくかよ！　嘘だとわかったら、マジで俺を殺すだろ！」

念のためにそんなやり取りを交わした後、雨野さんにお礼を言い、再びバスに乗って地元に戻り。さらに駅まで走り電車に乗って、数駅ほど過ぎて――。

そうしてようやく。俺は海の見える砂浜にいるというわけだ。

母さんのことを打ち明けた、この砂浜に。

「ふう」

寒々しい太陽の下、ひと息つきながら考える。

わかっている。俺のやっていることは、ただのハンストだと。

小学生が部屋にこもり「お母さんが謝るまでご飯を食べない」と言っているようなものだとは重々承知している。正直、もっと他の方法も考えてはいたんだ。

例えば何時何分に学校の屋上から身投げするぞとメッセージを送り、それが嫌なら時間を止めてでも会いに来いと脅すとか。そうやって無理に呼びだすことも考えてはいたんだ。

手っ取り早くやるならこっちの方が確実だったかもしれない。
だけど、結局それらはボツとなった。無理に呼び出したところで意味はないし、何より
そんなのくだらないと思えたからだ。
だから俺は雨野さんにメッセージを送ってもらい、もうひとつ——『ついでと言っちゃ
あ何だが、渡し損ねた誕生日プレゼントを贈るよ。空腹で食い尽くす前に来てくれよ』と
いうおまけメッセージも送ることで、後は天に任せることにしたのだ。きっと、これくら
いの関係が俺たちにはちょうどいいと信じて。
「さて、何日かかるかな」
海を前に、相変わらず誰もいない砂浜でひとり呟いた。
長期戦になる覚悟は出来ていた。あいつだってメッセージを受けたところで、じゃあ来
るかと言ったら来ないだろうからな。それくらいはわかっている。
だからひたすら待つと決めたのだ。
何時間でも何日でも。花森が来た時に笑顔で迎えられるよう心を静かに横たえて。
時は流れた。陽が沈んでゆく。海が黒くなってゆく。月が昇る。
来ない。大丈夫。必ず来る。
夜が明けた。太陽が昇る。花森は来ない。それでも大丈夫。待ち続けた。
月が昇った。待った。太陽が昇った。待った。

ふと気づけば、隣に水とおにぎりが置いてあった。

いじらしさに頬が緩むも、あえて水以外には手をつけなかった。ただの意地である。

月が昇った。太陽が昇った。また月が。太陽が。

俺は待ち続けた。


そうして、一体どれほどの時が流れたのだろうか。

陽が沈み、月が昇り、ひたすら繰り返され。今夜も冷えるなあなんて考えながら、差し入れのおにぎりに伸びる手をびしばし叩いていた、そんな時に。

気づいたのだ。

俺の手が、確かな温もりに包まれていることに。

夜の海のさざ波が、止まっていることに。

止まった世界で誰かに触れれば、その人の時間停止だけを解除できる。かつて花森はそう言っていた。なるほど。これが時間の止まった世界か。ならばつまり先ほどまで誰もいなかった隣に座り、俺の手を握るこの少女は、待ち望んだ少女に違いないのだろう。そんな喜びを月に預ける。

「よお、久しぶり」

「馬鹿じゃないの。こんな無茶して」

凛と鈴の音のような声が響く。

花森雪希が、そこにいた。

顔を歪め、瞳を潤ませ、赤く腫らした目で海を見据え。

俺の手を固く握りしめる少女がいたのだ。

「悪いな。こうでもしないと会えないと思って」

「ばか。あほ。死んじゃうとこだったじゃん。佐倉くんのぼっち」

どうやら花森は本気で怒っているようだ。こちらを見ずに、理不尽な罵倒を繰り返す。

そんな大げさなと言いたいところだが、どうも自分で思う以上にやばいみたいだ。握り返す力はなく、声も掠れている。貧乏だからハンストに強いかと思ったけど、普段食ってない分、死にかけるのも早いようだ。ははは、こいつは盲点だったぜ。

だけど今はそんなことはどうでもよかった。

ようやく待ちわびた時間がやってきたんだから。

「遅れちまったけど、誕生日おめでとう。花森」

「死にかけのくせに何言ってんのよ。ばか」

夜の月の下。差し出すクッキーの包みを、花森は怒りながらも受け取ってくれた。

その顔からは、星に煌《きらめ》く美しい涙が流れていた。

「何で泣くんだよ。泣くとこじゃねーだろ」

「泣いてないし。どこ見てるのよ、佐倉くんのえっち」

理不尽な罵倒に苦笑しながらも、満天の星を閉じ込める大きな瞳に深く見惚れる。

やっと会えた。やっと手が届いた。そんな想いをもって。

ゆえにだろうか。俺は自然とその一歩を踏み出せていた。

彼女をひとりぼっちの世界から救う、勇気の一歩を。

「花森。俺は、おまえのことを知りたい」

花森は応えない。俺はその手を強く握る。

大丈夫だ花森。どんな結果になっても見捨てはしない。そう想いをこめて。

そんな願いは、果たして通じたのだろうか。

「……ふう」

ほんのかすかに。だけど、確かに花森が小さく息を吐いたのだ。

儚く弱く、それでいてどこか根負けしたような、ほっとするため息を。

星を宿す瞳がこちらを見つめる。困ったような笑みが小さく浮かぶ。

小さな願いは、満天の星々に届いたようだ。

「うん、わかった。わかったよ佐倉くん。ここまでされたら話さないわけにもいかないよね。しょうがないから話すよ。キミの知らない、私のことを」

「花森……」

涙より尊い儚さを乗せ、切ない笑顔で彼女は言った。

おどけながら、それでいて覚悟を決めながら。

狭間の世界で、命の物語が紡がれる。

「聞いて、佐倉くん。私が生まれて、死んでいったお話を」


波の音がしない砂浜に座り込むのは、あらためて奇妙な感覚だった。

花森が時を止めてしばらく。まずは花森の持ってきてくれたパンやらを食べてエネルギー補充した。さらに続いて、夕ちゃんの件についても色々話した。救えなかった。無残な最期を遂げさせてしまった。その事実に、ただただ彼女が安らかであることを祈った。二度と会えない笑顔を想って。

そしてその後は、何気ない話を交わし続けた。学校のこと、みんな心配していること。そんな話をひたすら交わしたのだ。

月も星も風も雲も、何もかもが停止する不思議な世界。音のない空間に無性に寂しさを感じながらも、深く絡ませた互いの指は温かかった。

そうして、図らずも会話が途切れたタイミングにて花森は語り出す。

《死者》として生きた彼女の物語を。

「私が死んだのは小学二年生の時。お父さんが亡くなった少し後のことだったんだ」

寂しそうな声が紡ぎ出す。

彼女が迷わないよう、その手を強く握りしめた。

「離婚した話は前にしたよね。その後、私とお母さんは二人きりになったんだけど、思ったより大変でね。お仕事に子育てと色んなことが重なったからかな。お母さんがいっぱいいっぱいになってるのが、子供ながらにわかったの。ああ、今日もお母さんが虚ろな顔をしているってね」

親族から受けた心無い言葉も影響したと花森は言った。

病気の夫を見捨てるなんて。金にしか興味がないのか。

そんな言葉が。

「そんなある日に、お母さんがリフレッシュしようって山奥の綺麗な川へ連れて行ってくれたの。忙しいはずなのに、丸一日の休みをとって。私はそれが嬉しくて。お弁当を抱えて、うきうきしながら出かけたんだ。歌を歌って、たくさん笑って、楽しい一日になると信じて」

でも。

花森は、そう零す。

「でも、そうはならなかったの。その日私は、誰もいない山奥の川で溺れ死んだの。お母さんに力ずくで顔を川底に押し付けられながら」

「……っ」

衝撃の告白。それを聞いた時、いつかの花森の言葉を思い出していた。

個人的にどうしてもたすけてあげたい女の子なの。

その意味を、ようやく理解する。

「一瞬の気の迷いだったと思うの。離婚して、仕事が大変で、子育てもしなきゃいけなくて。でも頼れる人はどこにもいなくて。今思えば、あの時のお母さんはすごく渇いてた。当たり散らすこともせず、理想のお母さんだったけど、きっと内側では色んな苦しみが渦巻いていて。佐倉くんなら、それをわかってくれるよね」

「ああ、わかるよ」

わかるに決まっている。俺も、母親がひとりの人間であると知っているから。

頷く俺の隣で、その後も花森は当時のことを語り続けた。

水中で押さえつけられ、息が出来なかったこと。何が起きているのかわからなかったこと。でも、確かに母親の手が自らの顔に被さっていたこと。それらを語り続けた。

ただ、しかしだ。

「でもね、それでもひとつだけわからないことがあるの。それは、お母さんが本当は、私をたすけようとしたんじゃないかってことなの」

「たすけようとした？」

訝《いぶか》しむ俺に、花森はやりきれない思いを告白した。

そもそものきっかけは、川で遊んでいた花森が、足を滑らせて転倒してしまったことが原因だそうだ。そこに、異変に気づいた母親が駆けつけてきたのだ。水中でもがく娘に手を差し伸べるために。だけど、その手がとった行動は。

「当時の私はまだ幼くて。水中でパニックになっちゃって。だから思い出せないの。お母さんの手が、私を救おうとしたけど叶わなかったのか、それとも突発的に私を沈めて苦しみから解放されたかったのか。何も、思い出せないの」

沈黙する俺の隣で、彼女はさらに記憶を綴った。

結局そこで死んだ花森は《死者》となったこと。

《死者》となったことで、川で溺れたこと自体がなかったことにされたこと。

以後のロスタイムで母親は精神的に持ち直し、特に問題なく過ごしていること。

それどころか、どれだけ忙しくても誕生日は必ず祝い、授業参観には有給をとって駆けつけてくれること。確かな愛情があること。そういったことを話してくれた。

でも、だからこそ。

「私には何もわからないの。殺されたのか、事故だったのか。ロスタイムが終わった時に、お母さんが逮捕されているのか、いないのか。真実を知る術はないし、なかったことにされた以上、解き明かすことも出来ない。出来たとしても、お母さんにそんなことを訊《き》きたくない。殺されたなんて考えたくもないし、そうじゃなかったとしたら疑い続けた自分が許せない。もう、私は私の人生に後悔しか残せないの」

いつの間にか、花森の瞳からは涙が零れていた。

悲しみを凍らせていた、透明な雫。とめどなく溢れるそれは、少女の心を溶かしてゆくようだった。俺はその手を、さらに握りしめた。

花森は、ひとつの後悔を打ち明ける。

一度、どうしてもやりきれなくなり、喧嘩ついでに復讐したそうだ。いつだったか母から貰ったガラスの置物を壁に投げつけ、叩き割ったと。自分の苦しみを味わって欲しくて。だけど、それを見たお母さんは困ったように笑ったのだ。怒るどころか、ごめんねと謝ったと。その瞬間、もう自分が救われる術はどこにもないと悟ったそうだ。傷つけるつもりだったのに、一生消えない傷が刻まれてしまったから。

「私はね。昔は大人しくて泣き虫だったの。でも、それだと世界に押し潰されてしまいそうだったから。だから無理にでも笑うようになったの。私は不幸じゃないって叫びたくて。効果はあったよ。友達は増えたし、毎日が楽しくなったから。でもね」

言葉を区切り、息を吸った。

癒せない凍えを、全て吐き出すように。

「ひとりになると思い出すの。《死者》にはいつか終わりが来る。明日かもしれないし、今日かもしれない。そんな恐怖がずっと付き纏《まと》うの。そのうえ、誰からも忘れられる恐怖も襲い掛かるの。今どんなに仲のいい友達でも、最初から会ってすらいなかったことになる。そしてそれよりも怖かったのが、家に帰ることだった。いつからかな。笑顔でおかえりと言ってくれるお母さんに対して、うまく笑えなくなったのは。ただいまと言う度に、心が悲鳴をあげたから。だから私は学校が終わっても家に帰らず、時間を潰して。陽が暮れる度に、このまま時が止まればいいのにって何度も思ったの。そしたらある日、本当に止まっちゃって。その時に気づいたんだ。私の未練は一度でいいから笑顔でただいまと言うことなんだって。何の後悔もなく、お母さんにおかえりと言って欲しいんだって。そう、気づいたの」

絶対に叶わないとわかってるのにね。

花森は寂しそうに思い出を締めくくった。俺は何も言えなかった。

そうしてその後、花森は他の《死者》と同様の日々を過ごしたそうだ。

花森のもとには多くの死神が訪れ、しかし誰も未練を解決できず。ロスタイムが何年経っても終わらないある日に、手紙が届いたのだ。《死者》でありながら死神になることを勧める手紙が。悩んだ末に花森は死神となった。いつ終わるやも知れぬロスタイムに、希望を持ちたかったから。そうして以後は多くの《死者》に出会い、生きてきたのだ。絶望の中で、砂粒のような奇跡を求めて。

長い長い時が過ぎた。永遠とも思える日々が。

だけど幸せは見つからず、高校生となり、そして。

「キミに出会った」

嬉しそうに。

全ての悲劇をかき消す笑みで、花森は告げた。

「キミに出会えて、私は少しだけ変われたと思ってるよ。最初は、えへへ、今だから言うけど暗い人だなぁて思ってたんだ。でも、キミが悩み苦しんで、それでも強く立ち上がる姿は、いつしか憧れとも呼べるほどに輝いて見えたの。そんなキミが隣にいたから、ロスタイムも悪いことばかりじゃないと思え始めて。ずっと無理に笑ってきたけど、本当に心から楽しいと思える日があるようになって。だから、キミに《死者》であることがバレちゃった時は、もう終わりかなと思ったけど……それでもキミは私をたすけてくれた。迷子になっている幼い私を、輝く月のもとに導いてくれた。その結果、私はここにいる。今ならわかるよ。キミの隣が、きっと何よりも幸せな場所なんだってことが」

「……そうか。そいつは、どうも」

花森の純粋すぎる告白。

そんなものを前に、そう返すのが精いっぱいだった。

顔が熱い。身体が熱い。繋ぐ指先が今にも燃えてしまいそうだ。心臓の鼓動が伝わっていないか心配になる。いや、たぶん伝わっているだろう。花森の指先からは、こんなにも少女の鼓動が伝わってくるのだから。

こんなどうしようもない世界で出会えたことに感謝する。

絶望の海を泳ぐ俺たちが出会えたのは、きっと偶然ではないのだろう。ようやく俺たちは、失う前に幸せであることを知ったのだから。

「ごめんね、ずっと黙ってて。いつか打ち明けようと思ってたんだけど」

「もういいって。全部わかってるから」

「ありがとう。本当にありがとう」

肩に柔らかな髪が触れる。涙に濡れた頬が寄り添う。繋いだ指先が深く心臓に爪をたてる。細い肩を抱き寄せる。彼女の温もりが、生きていることを叫んでいる。

死んでいない。まだ死んでいない。

生きている。俺たちは生きているんだ。

二人だけの世界で、命の温もりを確かめ合った。

何度も何度も、零れゆく命をかき集めるように。

そうして、時を失った世界で悠久の記憶を刻む中。

不意に俺は、あることを思い出していた。

「そうだ、これ返すよ。何だったんだこれ」

「え？　あ……」

ポケットより取り出す万札を前に、花森は気まずそうな声を漏らす。

なぜか俺はしてやったりな気分になれた。

「その、お詫びにと思って」

「お詫び？」

「バイトのこととか、他にも色々」

「俺たちの関係は、こんなもので片がつくのか」

「つくわけないよね……ごめんなさい」

「もう二度としないでくれよ。結構傷ついたんだからな」

「うん。ごめんなさい。もう絶対しない」

言いながら、えへへと花森は綻ぶ。俺もつられて微笑する。この瞬間が、一番好きだ。

花森の笑顔をひとり占め出来ると感じるから。同時に、俺を心から和ませるのもいつだっておまえだと知ることが出来る。俺たちは、きっとずっとそういう関係だ。

だから、この答えに辿り着けたのだろう。

「思い出を作ろう」

「え？」

夜を見上げ、希望を紡ぐ。

「失われるとしても、それでも笑って過ごせるなら、そこには大きな意味が宿ると思うんだ。悲しみを失くすことは出来やしない。だけど、それに負けないくらいの幸せを見つけることが出来れば、きっとこの世に生まれてよかったと思えるはずだ。朝月が教えてくれたんだけど、人は過去に怯えるより、明日に希望を抱く方が幸せになれるみたいだぜ。そんな奇跡のような時間を、俺たちの最後にしよう」

「……うん、そうだね」

儚い少女の瞳の奥で、小さな小さな花が咲く。

輝き、随分と久しぶりに感じる声で「あははは」と花咲いた。

悲しみはなかった。もっと特別なものがあった。

この時、このロスタイムが何よりも幸せなものになると確信していた。

だって、こんなにもすてきな少女が隣にいるのだから。

「うん、ありがとう佐倉くん。うっし！　なんだか元気が出てきたぞ。それじゃあ、どうぞよろしくお願いしまっす」

「おう。よろしくな」

「期待しちゃうからね。絶対楽しい毎日にしてよ」

「当然だ。俺の本気を見せてやる」

花森が笑った。俺も笑った。互いを求め合う手が、幸せをわかちあった。

いつの間にか涙は渇いていた。涙の跡が消えていた。

俺たちは二人だった。存在しない世界で、永遠なる時に身を委ねた。

俺と花森の、最後の刻が動き始めた。


そうして始まる思い出作りの日々は、本当に楽しいものとなるのだ。

ここから約二ヶ月。俺たちは、間違いなく幸せと呼べる時間を過ごした。

何だろうな。これまでとはまた別の、特別だと感じる毎日がそこにあったのだ。終わりが来るとわかっている今が、一番尊いと思える日々が。

「よおし佐倉くん。今日は手羽先の食べ放題に行くぞーっ」

「なんだそのニッチな食べ放題は」

ある日には、花森に連れられ飽きるほど手羽先を食わされて。

「潰せーっ！　はっ倒せーっ！　そこだ、目を狙えーっ！」

「言っとくけど、それ全部反則だからな」

またある日には、スポーツ観戦に行ってはひたすらルールを解説させられ。

「うおおん……泣けたね、この映画。感動だったよ」

「九割がた寝てたおまえに教えてやるが、コメディ映画だったからな」

また別の日には、映画館を昼寝スポットとする花森につっこむという具合に。

とにかく俺たちは思い思いに謳歌する毎日を楽しんだのだ。もうすぐ終わりが来る。それが何だと叫ぶように。

ちなみにこれらの日々におけるアルバイトだが、ここ最近は花森には何も届かず、俺の家の郵便受けにだけ、毎朝ひとり分の給料が届くといった事態が続いている。

それに対し花森は「はぁー。私に払う給料はないとのことですか。はぁー」などと愚痴っていたが、俺は世界を不思議たらしめる存在に感謝していた。そこには花森を救えというメッセージが込められていると思えたからだ。

そんなこともあって、さらに気合十分に過ごすことが出来ていた。

「ちゅーしようか」

「何だいきなり」

「大丈夫。ちょっとちくっとするだけだから」

「何で出来てんだおまえの唇は」

「写真に撮ってクラスに爆散させたらどうなるかなぁと思って」

「やめとけ。あんだけクラスメートに心配かけたってのに」

「そうだよねぇ。クラスの人気者が陰険な男子に襲われたら事件だもんね」

「陰険で悪かったな」

「というわけだから、佐倉くんの奢《おご》りでカラオケ行こっか」

「何がどうなってそういうわけになったんだ。しかも俺の奢りかよ」

「さぁてデザートいっぱい食べるぞー」

「歌わねーのかよ！」

そうした日々の中で、俺たちは不思議なことをするようになっていた。

「よくよく考えたらこんな凄い力を使わないなんてもったいないよね。というわけで、いっぱいイタズラしまくるぞー。おーっ」

「はあ」

カレンダーが十一月を走り抜け、冬の後ろ姿もはっきり見えてきた頃。花森のこんな台詞がきっかけだった。

何の話かというと、ようは時を止める力を持ちながら、それで遊ばないのはもったいないと言いたいらしいのだ。何がどうもったいないのかさっぱりわからんが、止めたところで無意味なのは承知済みなので、しぶしぶ俺も付き合うことにした。

「あはは。見てみて佐倉くん。傑作だね」

「おまえは小学生か」

そんな勢いで始めたいたずらは、本当にどうでもいいものばかりだった。

校内で時間を止めては校長の額に『あえて野菜』と書いたり、現国の古木先生のポケットに『不倫。ダメ。吉田より』と書かれたメモを忍ばせてみたり。アホかと思うようなことばかりやっていたのだ。

だけど自然と、何でだろうな。

特に話し合ったわけでもないのに、気づけば俺たちは人のためになるアイディアを互いに出し合っていたのだ。ひとり暮らしの老人を見つけては庭を手入れしたり、汚れた川を見つければ掃除したり。止まった世界で、ちょっとした幸せを蒔いていったのだ。

そうやって過ごす日々が、こんな思い出をもたらすこともあった。

「ううーん。この絶景を二人占め。なんか贅沢だね」

「そうだな。これは中々貴重な体験だ」

真夜中の学校の屋上で、満天の星空を眺めながらそう呟く。

この日は、花森が「お世話になった学校に恩返ししよう」と言い出したので、学校を清掃すると決めていた。

時間を止めながら潜み、カギを拝借して、誰もいなくなった夜に一斉清掃する。

そうしてその後は、休憩がてら屋上に行ってみたいと言うので行ってみると、予想だにしない星空が広がっていたわけだ。「うおお、これ凄いね」と花森が叫ぶように、そこには何もかもを忘れたくなる感動があった。壮大な夜に瞬く銀の星々。少年時代を思い出すわくわくがそこにあった。

「こういうこと、これまでにしなかったのか」

持ち寄ったカップラーメンに、水筒のお湯を注ぎながら訊《たず》ねてみる。

「こういうことって？」

「夜の学校に侵入なんて、いくらでも出来ただろ」

「んー、そういうのはしなかったかなぁ」

「意外だな。簡単に思いつきそうなもんなのに」

「ひとりじゃつまらないからね。そんなに好きな力でもなかったから」

寂しそうに言った花森の声に思い知る。

そうか。そういうものなのか。

どれだけ便利で面白くても、それが何のためにあるかを考えれば、好きになれるものでもないのかもしれない。少し反省する。

そんな俺を気にするでもなく、花森は夜空を見上げたまま囁《ささや》いた。

「なんだか不思議な気分。この世界に二人きりみたいだね」

「まぁな」

屋上から見下ろせる眼下には、町の明かりが映っている。山の上にあることもあって、普段住んでいる町が遥かな下界に見えた。別世界の中、花森と二人きりで生きているようにさえ感じられたのだ。

「このまま時間を止めてさ。ずっと二人で暮らそっか」

「それってちょっとした人類滅亡だな」

「言えてる。そうか、私は悲しみを背負うゆえに生まれた魔王だったんだ」

「ゲームのラスボスみたいなこと言うなよ」

「だとするなら佐倉くんは地味な村人だね」

「何で地味な村人なんだ」

「顔」

「泣いていいかな」

「さぁ佐倉くん決戦だ。大魔王にかかってこい！」

「村人なのに魔王と戦わされるのか。なんてブラックな村なんだ」

「とりゃあ。魔王キック！」

「危ねぇ！　ラーメン零れるっての！」

花森の蹴りを合図に、しばらくじゃれ合う時間が続いた。制服がくしゃくしゃになるのもお構いなしで、もみくちゃになる。不意に触れた花森の肌は、異常なほどに温かかった。心臓がどきりと飛び跳ねる。

そうして息も切れる頃。

寝そべる俺たちは、さらに不思議な話を始める。

「『アカシックレコード』って知ってる？」

「聞いたことあるな。何だっけ」

「『透明の本』は？」

「そっちは知らんな」

教えてあげるね、と少女は告げる。

「アカシックレコード。そこにはこの宇宙のあらゆる記憶、事象、概念が永久的に刻まれると言われているの」

さらに続けて花森は語る。

世界を超え、時空を超え、宇宙が誕生する前から遥かなる未来まで、全てが集約されるという記憶媒体。それがアカシックレコードだとか。

「このロスタイムはいずれなかったことになる。だけどそれはなくなるんじゃなくて、見えなくなるだけ。アカシックレコードの中にある『透明の本』に残り続けるんだって。昔、私を担当してくれた死神の人が、そんな話を教えてくれたんだ」

「へえ」

名も知らぬ死神が紡いだ宇宙の記憶。

そこに、不思議な可能性を感じていた。

「この話はね、ずっと昔に誰かが《死者》のために作った話だと思う。決してなくなるわけじゃない。生きた証は、世界のどこかに残り続ける。気休めのように感じるだろうけど、《死者》はみんな最後にそこへ辿り着くの。そうやって自分を納得させることで、旅立つ決意をするの。私も、そんな本があるといいなって思うよ」

「そうだな。俺もそう願うよ」

永遠に思い出せなくなるわけではない。人間の届かない所に残り続ける世界の記憶。その話を聞いて、無性にその本を読んでみたく思った。透明なページに書かれたその本は、きっと世界で最も尊い物語だろうから。

「読んでみたいな、それ」

「ふふ、人間には無理だよ。神様のような存在だけが読める本なんだから」

「わからんぞ。今は無理でもいつか読める日が来るかもしれない」

「ないよそんなの。そもそも本の話すら忘れちゃうもの」

「忘れないかもしれない」

「忘れるの」

「思い出せるかもしれない」

「無理」

「わからないだろ」

んもう、と花森はぐずった。でも、その顔は嬉しそうだった。

花森の言う通り、無理だと思う。でも、無理じゃないかもしれない。少なくともそんな夢を見ることは悪いことではないはずだ。いずれ訪れる記憶を失った世界。そこで俺は、もしかしたらその本に出会えるかもしれない。

そんな希望を、瞬く星空に縋らせていた。


終わりが近い。なんとなくそんな寂しさを感じていた。

ゆえにだろうか。十二月の上旬。花森は、いくつかの心残りを清算していた。

「ここに来るのも久しぶり、だな」

「うん」

バスを降り、見慣れた街にそう呟く。

まず訪れたのは、夕ちゃんの住んでいた街だった。あれからどうなったのか気になっていたものの、来る勇気はなく。だけど花森が「夕ちゃんの妹がどうなったか知りたい」と言い出したので、勇気を出して訪れたのだ。

とはいえ、俺たちは夕ちゃんの家族から見たら赤の他人。

情報収集は難しいかと思われたが、幸いにも便利な情報屋がいた。

「うおお！　お、おまえら、何しに来たんだ⁉」

「いやだな。警戒しないでくださいよ」

本日も公園の隅っこで昼寝していた雨野さんに、笑顔で近づく。

そんな俺たちに雨野さんは悲鳴をあげる。

「佐倉くん、何があったの？　このおじさん、すごぉく怖がってるよ？」

「何でだろうなぁ。おっと、ポケットからカッターナイフが」

「ひいいっ！」

冗談はさておき、あらためて挨拶を交わした俺たちは情報を訊《き》き出すのだ。

「妹の方は大丈夫みてぇだな。虐待を受けてる様子は見られねぇよ」

「つうかな。あの事件を機に両親は離婚して、親権は完全に父親のものとなってるんだ」

「父親は加担してたわけじゃなく、妻を止められなかったっただけらしい。今は父子二人でうまくやれてるそうだ。保護観察官も出入りしてるし、心配はいらねぇよ」

もっとも、姉を失った心の傷は深そうだが、と雨野さんは付け加えた。それを聞いて、とりあえず安堵の息を漏らしていた。

全てが解決したかというと微妙だ。だけど、少なくとも夕ちゃんが危惧していた妹の安全は確保されているようだ。それだけがせめてもの救いだった。

だったら、これ以上出来ることはないと判断した俺たちは、来て早々だが退散することにした。雨野さんにお礼を言い、背を向けて歩き出す。しかしここで予想外なことがひとつ起こる。花森が立ち止まり、急に振り返ったのだ。

ぎょっとする雨野さんの顔が目に入る。

彼女が紡ぐのは意外な言葉だ。

「雨野さん、色々とお世話になりました」

「え？」

「わかっています。あなたが本当は優しい人だってこと」

「……」

雨野さんは言葉を失くす。花森は止まらない。

綺麗な顔を、慈しむ笑顔に彩り、続けるのだ。

「知っています。死んだ現実を受け入れられず、誰かの不幸を願ってしまう《死者》がいることを。でも、そんなあなたですが、夕ちゃんの家についてしっかり調べていました。きっとそこに、あなたの本心が宿っていると思います。だから私は望みます。あなたがいつか救われることを。夕ちゃんも、きっとそれを望んでいるはずですから」

ありがとうございました。

一礼して、花森は歩き出す。それに倣《なら》い、俺も頭を下げて後を追う。色々あったけど、花森が許すなら俺も許そう。素直にそう思うことが出来ていた。

すまねぇな。

俺の内側に、微かな声がどこかから響いた。

またひとつ、小さな幸せが刻まれた。

さらにその日の午後にも、もうひとつの清算に訪れていた。

「会ってくれるかな」

「ここばっかりは、どうだろうな」

俺が死神になりたての頃に、一度だけ訪れた国立病院。朝月の妹さんがいる病室を前に、緊張しながら呟いていた。

ずっと気になっていた。

朝月が事故死した世界において、妹さんがどうなったのかを。

彼女と唯一関わったのは、プレゼントを持って行ったあの時だけだ。だけど朝月のロスタイムは終わっているので、会ったことすらリセットされているだろう。ゆえに、初対面の俺たちに会ってくれるかという不安があったのだ。

ただ、そこは朝月のお母さんに事前連絡していたことで、とりあえず病室に入ることは許された。だけど、やはり彼女の状態は深刻だった。

白い病室で窓の外を見ながら少女は語る。

傷だらけの心を剥き出しにして。

「後悔しているんです」

そんな言葉から始まる話は、文字通り後悔しかないものだった。

「入院したことで、私の毎日は急激につまらなくなりました。朝起きてから寝るまで、何もかもが制限されていたから」

「最初はよかったんです。友達が毎日お見舞いに来てくれたから。だけど、だんだんとその数が減っていって。当たり前ですよね。皆にも生活があって、そのうえ私が八つ当たりばかりするんですから。しょうがないんです」

「でも、それを受け入れられなくて。だから、唯一側にいてくれるお姉ちゃんに当たるようになって。お姉ちゃんだけは何をやっても怒らないから、甘えてしまって」

「でもあの日、お姉ちゃんまでいなくなりました。そこでようやく気づいたんです。私が一番欲しかったものの正体を。私は、取り返しのつかないことをしてしまいました」

一気に話し終え、彼女はそこで俯いた。それを見て、俺も花森も沈黙する。

悔しいだろう。失って初めて大切さに気づくのは。

苦しいだろう。それでも生きなきゃいけない現実を受け入れるのは。

きっとこの未練が晴らされることは永遠にないだろう。死んだ人間は、絶対に蘇らないのだから。

「……」

（…………）

でも、だけどだ。

「詩織ちゃん。これを受け取ってくれ」

「え？」

それでも俺に、あきらめるつもりはなかった。

「これは……」

持ってきた紙袋よりそれを取り出し、白い手にそっと授ける。

驚く詩織ちゃんに、俺は告げた。

「今日はこれを渡しに来たんだ。実はキミのお姉ちゃんから、キミがこれを欲しがっていたと聞いていてね。本当はお姉ちゃんから渡すのが良かったんだけど、それはもう叶わないから、代わりに俺が渡すことにするよ。ごめんね遅くなって」

「お姉ちゃんが」

詩織ちゃんの抱えるバッグをあらためて見つめる。

貯めたバイト代を一部崩して買ったのは、この子が二番目に欲しがっていたものだった。

朝月のロスタイムが終わった時に、このプレゼントもなかったことにされているが、この子が欲しがっている事実は変わらない。さらに言えば、朝月がこれを通して何を求めていたのかも、なかったことにはならないのだ。

「キミのお姉ちゃんは、ずっと仲直りしたがっていた。このバッグも、そのきっかけとして渡すつもりだったんだ。もうその思いは届かないけど、だけど、その願いまでなくなるわけじゃない。キミのお姉ちゃんはキミを愛していた。その事実だけは忘れないでくれ。うまくいかなかったとしても、心の奥でキミたちはずっと繋がっていたんだ。だからいつか辿り着いてくれ。〝死者〟の分も強く生きるという、キミ自身の幸せに」

「……お姉ちゃん」

少女はバッグを抱きしめる。声なき声が、涙と共に流れてゆく。

それを見て、病室を後にする。

今は悲しみしかないだろう。でも、いつか姉の心を理解出来た日には、あの子も笑えるようになるはずだ。そう信じて、俺たちは彼女にさよならを告げた。

バッグにひと粒の涙が零れ落ちていた。


といった感じで、この日、俺たちはいくつかの心残りを清算し終えた。だけど気分が晴れやかになるかと言われれば、なるわけがなかった。

その日の夕方。病院からの帰り道。

花森は突如、無言のままに手を握ってきた。最近ではこれが時を止める合図になっている。直後に世界が止まり、二人きりになる。

「行こっか。佐倉くん」

「ああ」

音のない世界で俺たちは歩く。

止まった人、車、信号。あらゆるものを潜り抜けて、歩き続けた。

気が付けばそこは何でもない、ただの坂道のてっぺんだった。

後ろには歩いてきた坂道が。前には錆《さび》だらけの階段が。見下ろす先には住宅地が広がっていた。俺の知らない場所で暮らす人々に、奇妙な感覚を抱いていた。

ふと、俺の方から訊《たず》ねていた。

「あのプレゼントは残るかな」

「どうだろうね。あのバッグが修正対象になるかは、ちょっとわかんないかな」

花森が渡すと、ロスタイムのルール上、確実になかったことになる。ゆえに俺が自分の金で買い、手渡したのだが……後は天に任せるしかないということか。

そんな短い会話を終え、再び止まった世界で静寂に浸る。

静かだ。本当にこの世界は静かだ。心臓の音だけが耳を打つ。隣にいる花森にも聞こえるんじゃないかと思うほどに。

今度は、花森が話し始める。

「佐倉くん」

「ん？」

「あの日、最後にお話ししたの。朝月さんと」

「え――」

それは、近くて遠い過去のお話。朝月のロスタイムの物語。

俺の知らない部分を彼女は紡ぐ。

「今だから言うけどね。私は朝月さんが《死者》であることを明かすつもりだったの。私が朝月さんの未練を中々晴らせず、そんな時に佐倉くんが死神になったのには意味があると思ったから。でも、朝月さんはそれを望まなかった。意味がわからなかった。最後の時間になるのに、それでいいのかって」

薄闇の空を見上げながら、花森は続ける。

「でもね、それでよかったみたいなの。佐倉くんと朝月さんが最後の夜を過ごした後の明け方にね。朝月さんから連絡があったの。『おかげで佐倉くんと未来の話をいっぱいできた。ありがとう』って」

「………………」

「ふふ。もしかして、もう知ってた？」

「ああ、まあな」

知っている。朝月が最後に望んだ未来の姿を。

俺を苦しませてでも、朝月が幸せを望んでいたと知っている。

「ごめんね、内緒にしてて。時が来るまで明かさないって朝月さんと約束してたの」

「それでいいよ。たすかった」

「ごめんなさい」

「謝るなよ。本当にたすかったんだから」

嘘じゃない。本当だ。

時が来るまで明かすなと言った朝月はさすがだ。俺のことをよくわかっている。

死神を始めた頃の俺なら、朝月の想いを理解できなかったはずだ。

もしかしたら恨んでいたかもしれない。こんなに俺を苦しませて、と。

でも、多くの《死者》と触れ合った今なら受け入れることが出来る。

俺自身が、朝月のために在れたことの幸せを。

「朝月さん、言ってたよ。佐倉くんをよろしくって。どういう意味だったのかな」

「さあなぁ」

「他にも、佐倉くんにちゃんとご飯を食べさせてって言われた」

「あいつは俺のおかんか」

「まだあるよ。佐倉くんは意外に勉強が出来ないから面倒見てねとも言ってた」

「うるせーよ。ほっとけ」

「それから」

「ええい、まだあるのか。遺言どんだけあるんだよ」

何気ないひとことのつもりだった。

でも、花森の表情が俺を貫いた。

「いっぱいあるよ。だっていっぱい話したもの。私たちの分まで、佐倉くんに幸せになってもらおうって」

「――っ」

泣いていた。花森が一筋の涙を流していた。

俺は気づく。彼女の、どうしようもない寂しさに。

「妹ちゃんのこともよろしくって言われた。朝月さんは、やっぱり妹ちゃんのことが心残りだった。それでも旅立つことを選んだ。佐倉くんとの時間を最後にしたいからって。寂しい。寂しいよ。怖くはないよ。この世から旅立つのは怖くない。ロスタイムが永遠に続く方が怖いから。だけど寂しい。何も思い出せない世界に行くのは、寂しいよ」

「花森」

抱きしめた。震える少女を思い切り抱きしめた。

頬に触れる涙は熱かった。命の滴のように燃えていた。

寂しい。寂しい。彼女はこの悲しみを何度背負ってきたのだろう。

俺は、俺は。

「私、朝月さんに何もしてあげられなかった」

「何言ってんだ。おまえのおかげで朝月は旅立てたんだ。ありがとうな」

抱きしめ、命の温もりを感じながら決意していた。

必ず。必ず、この子を幸せにしてやると。どれだけ寂しくとも、それが一番だと。

震える指先で少女を掴みながら、決意していた。

薄い夕空の下、永遠とも呼べる時間を抱きしめ合った。

そうしてその後も、俺たちはかけがえのない時間を過ごした。
ある時は笑い、ある時は喜び。残り少ない命を燃やすよう生き続けたのだ。
楽しかった。嬉しかった。
何気ない日常の何もかもが輝いて見えた。
そんな毎日を過ごす中で、俺はロスタイムについて新たな考えを見出していた。
思うにロスタイムとは、全ての人々が幸せになるためにあるのではないか。ここに来て、
そんな可能性に気づいたのだ。
《死者》はみんな、報われない中で小さな幸せを見つけ、旅立って行く。それはどこにも
残せない儚い記憶。だけど、死神である俺たちはまだ覚えている。その俺たちが忘れる前
に、彼らの生き様を世界中に蒔《ま》いていけば――そこにはきっと、すばらしい意味が宿るの

ではないだろうか。

この日々の中で、時を止めながら多くの種を蒔いてきた。

迷子犬のポスターがあれば、探し出して犬小屋に戻しておいた。

夫婦喧嘩が聞こえれば、家中を漁って家族写真を見つけ、二人の間に置いておいた。

どこまで意味があるかはわからない。

どこまでが修正されずに残るかはわからない。

だけどたとえ修正されてしまうとしても、それまでに幸せを受け取った人が、さらに別の人に幸せを与えてゆけば。このロスタイムには、限りなく無限の可能性が出てくるのではないだろうか。

一番最初に花森が言っていた言葉を思い出す。

――人々を『幸せ』で満たし、さらには社会を、果ては世界を、『幸せ』にすることを理念としてるのだよ。

怪しい宗教だと流していた。でも、どうやら答えは初めから示されていたようだ。

この世界は残酷だ。それでも、あちこちに優しさの種が落ちている。

その種を無限に咲かせ、広げてゆく。それこそが人々に必要なことなんだ。時給300円に縋《すが》りつくような、どうしようもない人生だからこそ、その尊さに気づけるんだ。忘れてしまうからこそ、その尊さを広げようと必死になれるんだ。失われゆく日々の中で、そういったことを感じていた。

そんな遥かなる想いは、小さな勇気をくれる。

時は流れ、冬が訪れ、あと十日、七日、五日と俺のアルバイトも終わりへと進み。

ついにその日は訪れる。


「おっはよー佐倉くん」

「おう。おはよ」

十二月二十四日。いよいよやってきた、アルバイト最終日。

半年にも及ぶアルバイトの最終日は、奇しくもクリスマスイブとなっていた。

窓の外では雪が降り、一面が真っ白な世界と化していた。天からの贈り物は、祝福のようで嬉しかった。

そんな日の朝早くより玄関先に現れるのは、もちろん花森だ。赤く鮮やかなコートに身を包む彼女は「うう〜寒いね。どれくらい寒いかというと、沖縄がなくなった時くらい寒いよ」とおどけながらも、どこか大人びた顔をしていた。それが全てを悟らせた。

ああ、そうか。ついに最後の決断をしたのかと。

この日を、おまえの最期にしてくれるのかと。

いつも通り振舞う彼女に、ひたすら感謝を抱いていた。

「佐倉くん。今日はね、行きたい場所があるの」

「ああ、わかってるよ」

花森の決意は手に取るようにわかった。最後の日々は、全てこの時のためにあったんだから。大丈夫。絶対に俺はおまえをひとりにはしない。

手を伸ばす。手を繋ぐ。

時が止まる。世界が二人だけのものとなる。

積もる雪が、降りしきる雪が、世界より音を消す。

凍えるような氷の世界で、微笑み合う。

「行こうか花森。一緒に」

「うん。行こう佐倉くん。一緒に」

白い闇へと足を踏み出す。

花森の、最期の清算をするために。


「いらっしゃい佐倉くん。ささ、入って入って」

「お邪魔します、と」

そこは、小さな部屋だった。

もう二ヶ月近くも前になるのだろうか。おしゃれな門柱も、整えられた花壇も、全てが白く染め上げられた花森の家は、妙な懐かしさを俺にくれた。

そんな寒々しく、それでいてこぢんまりとした家に入り、通された小さな部屋にて。暖房の熱が心地よいそこで、見つけるのだ。こたつに入り、マグカップを前に、うつらうつらとしたまま時が止まった綺麗な女性を。

考えるまでもない。きっとこの人が。

「紹介するね、佐倉くん。こちらが私のお母さんです」

「はじめまして。クラスメートの佐倉真司です」

無意味とは知りつつも、それでもきちんと頭を下げ、挨拶した。

きっともう二度と、この人に会うことはないと思ったから。

「結構似てるな。目元とか」

「でしょでしょ。よく美人親子って言われるんだ。うししし」

俺の声に、花森はけらけらと笑う。

花森のお母さんは、花森が言う通り本当に美人だった。

整った顔立ち。ぱっちりした瞳。美しい黒髪。全てが花森を見た時と同じ感想である。

纏《まと》う空気も似通っている。きっと花森が年相応に落ち着いたら、こうなるのだろう。

「ふぅ。家の中はあったかいね。佐倉くん、何か飲む？」

「いや、いいよ。俺はここで待つさ」

感想を抱く一方で、花森が緊張していることに気づいていた。いつも通りを努めながらも、どこか声が上ずっていたからだ。

なので俺は首を振り、花森のお母さんの正面——その少し横に座った。

ここが邪魔にならず、なおかつ花森をひとりにしない場所だと思ったからだ。

その思いは、彼女に伝わったらしい。

「そっか。ふふ、ありがと。佐倉くんは優しいね」

「べつに。普通だよ」

普通だ。本当に謙遜でなくそう言った。

花森が今からすることを考えれば、これぐらいは普通であるべきだと思えたから。

そんな想いを受け止める花森は、母の正面に座り、俺の手をきゅっと握る。そうして大きく息を吸う。俺は震える指先に祈りをこめる。大丈夫だ。今日ここまで来れたのは、きっとおまえ自身の強さだ。そう信じて。

「よし、じゃあ始めよっか」

そして、いよいよ始まるのだ。

彼女の最期の清算が。

「ええとお母さん。あらためてこんにちは。いきなりごめんね、時間を止めちゃって。ちゃんとお話ししたかったんだけど、それは難しそうなの。だから、この状態でお話しします。聞いてください。私の本当の気持ちを」

止まったままの母を前に、花森は語り出す。

ありったけの愛情と後悔を乗せて。

「お母さんと二人暮らしを始めたのは小学二年生の時だったよね。お父さんが病気になって、実家に帰っちゃって。寂しかったけど、平気だったよ。お母さんが頑張ってくれてるのがわかってたから。嘘じゃないよ。あの時は本当にお母さんを応援してたの。ずっとずっと、心から」

震える指で、震える声で、それでも心は震わせず花森は続けた。

愛した人への別れのメッセージを。

「そんな時だったよね。お父さんが亡くなったのは。お葬式で私は泣いて、お母さんは泣かなくて。本当はすごく辛かったよね。色んな人に色んなことを言われて」

俯き、苦みを零す。それらに関する話は既に詳しく聞いている。花森のお母さんをなじる言葉は、相当なものだったと。

いらなくなった旦那を追い出したくせに。保険金でもねだりに来たのか。

そんな罵倒がたくさん、たくさん。

「辛かったよね。苦しかったよね。お仕事も大変だったよね。一度、上司の人がお母さんに電話をかけてきて。お母さんはお風呂に入っていたから、よかれと思ってそれに出て。

受話器をとった瞬間に、信じられない罵声が聞こえてきてびっくりしたよ。私が知らなかっただけで、お母さんはすごく辛い世界にいたんだよね」

「そんな状態だったから事件は起こっちゃったのかな。二人で出かけた山奥で。あの日、お母さんはすごく渇いた笑顔をしてたよね。私はそれに気づいていたのに、久しぶりのお出かけが嬉しくて気にも留めなくて。あの時私が少しでも気遣っていたら、違った未来があったのかな。少しでも、少しでも気遣っていれば」

繋いだ手に、花森の爪が深く食い込む。痛みに耐えながら思う。一体花森は、何度この後悔に責められてきたのかと。

溺れゆく記憶を何度思い出したのだろう。

夢でない現実に何度絶望したのだろう。

一体、何度花森は——。

「それから半年くらい経った頃だったかな。お母さんは転職して、それを機に元気になって。帰れない日も多かったけど、それでもそこはすごくいい職場で。仕事も家庭も充実し始めて、どれだけ忙しくても月に一度は二人で遊びに行って。楽しかったね。楽しそうだったね。新しい日々は、お母さんにとってすごく幸せな日々だったよね。でもね。私にとってはすごく渇いた日々だったよ」

砂の心に涙が落ちる。後悔の滴を受け止める器はない。

愛した母に、涙の叫びを紐らせる。

「あの日から私の時間は止まっているの。どれだけ笑っても、無邪気に笑っていたあの日は二度と来ないの。何をしても満たされない、忘れられない。私の人生は、あの瞬間で止まってしまっているの」

流れる涙は止まらない。

彼女の心は、もう疲れてしまったのだ。何をやっても傷つく心に。それでも母を傷つけたくないがゆえに、無理して笑う自身の優しさに。

優しすぎるゆえに心は傷つき、その傷が膿み続ける時間を止めるしかなかったのだ。

壊れゆく時を少しでも遠ざけるように。

「あなたがあの日、本当はどうしようとしたのかわかりません。だから、どちらの可能性も信じて言います。昨日はありがとう。私のわがままを聞いて、大好きな料理をいっぱい作ってくれて。今朝もありがとう。ベッドに忍び込んだ私を抱きしめてくれて。温かくて嬉しくて、そして消せない苦しみがあると知りました。だからお母さん」

彼女は告げる。母に残す、最後の言葉を。

「恨んでいます。でも、愛しています。ありがとう。さよなら」

「――花森」

駆け出した。堪え切れない涙を零し、花森は家を飛び出していた。

するりと抜けた彼女の手を、再び握るために俺も走る。

宙で降り止まる涙の雪を潜り抜けて。

白く積もった涙の海に、痛んだ足を打ち付けて。

花森。大丈夫だ。好きなだけ走れ。好きなだけ涙を流せ。

おまえを止めることは出来ない。でも、必ず追いついてその涙を拭ってみせる。

必ず、必ずそうしてみせるから――。

そう思いながら、どれくらい走った頃か。

「花森」

「佐倉くん」

追いついた俺は、無意識に抱きしめていた。

震えて凍えて、ひとりぼっちになった少女を。もう生きられない少女を。きつくきつく抱きしめ続けた。

この温もりを忘れない。忘れてしまっても、きっと宇宙のどこかに残るはず。

そう信じて。

「よくやった。よくやったよ、花森」

「佐倉くん、佐倉くん、私――」

音のない世界で、降り止まる雪は俺たちのようだった。

どこにも行けない、灰色の空と白い海に閉じ込められた、落ちて消えるだけの儚い命。

脆く、それでいて美しく散る尊い白。

不思議な命の物語は、いよいよ終わりを迎えようとしていた。


白く終わりのない世界を無言で歩く。

ふと、隣を歩いていた花森が足を止める。それが全ての合図だった。

俺も足を止め、止まった世界で少女を振り返る。どうやらここが、俺と花森の終着駅のようだ。何でもない、どこにでもある、そんな道端が。

「佐倉くん、ここで終わりにするよ」

「そっか」

花森に頷く俺は、側にあるコンクリートの塀にもたれかかった。花森も倣い、背中を預ける。視界には、街を覆う雪が一面に映っていた。

音はない。何もない。痛いほどの静寂が耳を貫いた。

「ごめんね佐倉くん。キミのアルバイトを、ほとんど私のために使わせちゃって」

「気にすんな。むしろよかったよ、最後の相手がおまえで」

「お、今のはちょっとドキっとしたぞ。佐倉くんのくせにやるじゃん」

「やかましいわ。俺はもともとモテるんだよ」

「あはは。ほんとに？」

そんなやりとりを皮切りに、何気ない話を始めた。

何気ない、明日にはもう忘れてしまいそうな、そんな話。

寒さなんて気にならなかった。繋ぐ指先が、このうえない温もりをくれたから。今が最も幸せだと知ることが出来たから。

だからだろうか。花森はこんな話を始めるのだ。

「私はね。自分がすてきな最後を迎えられるとは思ってなかったの」

「そうなのか？」

うん、と彼女は小さく頷く。

「前に、佐倉くんは優しいって言ったけどね。あれ、嘘じゃないよ。《死者》になって九年経つけど、私が見てきた《死者》はほとんどが悲しい最期を迎えていた。自ら命を絶ったり、失望の中で全てをあきらめたり。私も絶対にそうなると思ってた。最期の瞬間は、どうしようもない絶望だらけのものになるって」

でもね。

花森は儚くそう告げる。

「でもね、そうはならなかった。本当にびっくりだよ。こんなすてきな最期になるなんて。未練は晴らせなかった。笑顔でただいまも言えなかった。それでも私は自分に決着をつけることが出来た。そのうえ、最期を見届けてくれる人が隣にいる。きっとこれ以上の幸せはないと思うの。本当にありがとうございました。佐倉くん」

「いいよべつに。俺は何もしてない」

花森の告白に、こんな時ですら無愛想に振舞う俺は相変わらずだ。でも、花森はそんな俺でも受け入れてくれた。

肩に頭を預け、唇を動かし「佐倉くんでよかった」と囁《ささや》いてくれる。

それが、俺の震えを何よりも癒してくれた。

「佐倉くん、それでね――」

「ああ――」

その後も俺たちは話し続けた。

神様はどうしてこんな苦しみを与えるのかと思っていたこと。幸せなんて見つかるわけがないと思っていたこと。だけど案外、幸せは近くにあったこと。きっとこの、何気ない日常こそが幸せなのだ。そんな話をひたすら続けた。

幸せだった。間違いなく幸せだった。

この時間が永遠であればと願うほどに。

このまま、永久に二人でいたいと叫びそうなほどに。

だけど堪えた。

笑って送り出すことが俺たちの関係だと信じていたから。だから俺は笑い続けた。

たとえ二度と、思い出せなくなるとしても。

「あ、そうだ佐倉くん。元上司として最後にひとつだけ教えておくね」

「ん？　それは」

不意に花森がそう言い、ポケットより取り出したのは、一枚の紙きれだった。

それを見て思い出す。

「これはね、死神を退職する人に与えられる申請書なの。こないだ私の家に届いてたんだ。ここに願いを書けばそれだけで、どんな願いも叶える《希望》を申請出来るの。どんな願いも、どんな夢も、ね」

「おお、そういえばあったな、そんなの」

素直に呟く。そうだ。確かにそんなものがあったと思い出す。

「花森、おまえは」

つい訊《たず》ねてしまう。

一体何の願いを叶えるんだ。何を願ってこの人生を終えるのか。そう思って。

問いかけの答えは、笑顔と共に明かされる。

幼い少女の、どこまでも儚い願いを乗せて。

「私はこれをね、覚えてるかな。夏休みにプールに行った日のことを。あの帰り道で見た

《死者》の男の子のために使おうと思うの。『あの子の最期が、どうか幸せなものでありますように』と願ってね」

「え――」

思わず驚いてしまった俺を誰が責められようか。だってそうだろう。

そんなことのためにかと。どうしても叶えたい願いがあるんじゃないのかと。そう思ってしまったから。

だけど、花森はどこまでも優しい少女だった。

「本当はね、自分のために使おうと思っていたの。生き返るのは無理でも、生まれ変わりがあるならこの記憶を少しでも宿していたい、とか。佐倉くんが退職した後でも思い出してもらえないか、とか。そんな希望を申請するつもりだったの。昨日の夜――ううん、今朝起きたその時までは」

でも。

花森は懐かしむ瞳で小さな後悔を思い出す。

「でも今の私は、少しでも誰かの役に立ちたいの。心残りがあるとすれば、それは夕ちゃん。あの子を救えなかったこと。だから私は、夕ちゃんの分まで誰かの人生を幸せにしたい。苦しみだらけのロスタイムでも、生きててよかったと思ってもらいたい。それが私の最後の願い。今なら素直に、そう思えるの」

「花森……」

もう半年も前になる、朝月との夜を思い出す。

朝月は言った。花森の欲しいものは世界平和だと。

どういう意味かわからなかった。でも、ようやくわかった。

花森は欲していたんだ。世界が誰にとっても幸せであることを。

こんなにも世界はすばらしいと叫べることを、何よりも求めていたんだ。自らの生きた証を残すことよりも。

「佐倉くん。キミは受け入れてくれるかな」

いたずらな笑みで彼女は訊《たず》ねる。

当然、止める理由なんてどこにもなかった。

「おまえが決めたんならそれでいいさ」

「ふふ、ありがとう。キミならそう言ってくれると思ったよ。佐倉くん」

名前を呼んだ。花森は何度も何度も俺の名を呼んだ。

俺は応えた。はにかみ、どこか恥ずかしい気分に浸りながら。

最後の未練が、音もなく雪に溶けていった。

「じゃあ佐倉くん。最後に二人でお話ししようっか」

「そうだな。何の話がいい？」

「佐倉くんが借金まみれの人生をどう切り抜けるかについてかな」

「すげぇな。最後の最後までぶっこんでくるとは」

ふざけ合いながら、俺たちはたくさん話した。これまでのことも話した。色々あったねと話をした。気づけば朝月の時と同様、未来の話をしていた。もし大学生になったら。もし誰かと結婚したら。そんな、ありもしない未来の話を。

私のこと、好き？

花森は訊《たず》ねた。

その質問、最初にも聞いたな。俺はそう返す。

笑いながら花森は言った。嫌われる自信があったのだと。

俺は答えた。あの時は本気で嫌いだったと。

やっぱりいつかは思い出して欲しいな。花森は呟く。

何だよそれ。俺は呆れる。

夢を見たっていいでしょ。少女は笑う。

それも悪くないな。俺も笑う。

案外、記憶のどこかに残っているかもよ。少女は願う。

そうだったらいいな。俺も願う。

花を摘む。名前も知らない道端の花を。

幸せの花。そう言いながら彼女は差し出す。
誰かが幸せな最期を迎えた時にひとつだけ咲く花。
雪にも負けない花には、そんな言い伝えがあるらしい。
本当かよ。
今考えた。
何だそれ。
その割にいい話じゃない？
最後まで花森は花森だった。
幸せって何だろう。遠い記憶の誰かが訊ねた。
今ならわかる。今が幸せと知ることだと。
失う前に気づけること。
失っても幸せだったと思い出せること。
思い出せなくても、いつか思い出せると願うこと。
それこそが、きっと世界の求める真実だ。
俺は忘れない。
苦しみの中、真実を掴み取った人たちのことを。
雪のような儚い命を、精一杯に輝かせた人たちのことを。

何のために生まれたのか。この瞬間のために生まれたのだ。

そう思えることが、きっと世界の願いなのだ。

俺は、幸せの形を抱きしめた。


「――っ」

そして、一体どれくらいの時が失われたのだろうか。

気づけば俺の隣には誰もいなくなっていた。雪が降り注いでいた。世界が動き始めていた。頬が濡れていた。涙も流れていないのに。右手には花があった。幸せの花が。

「あ」

次の瞬間。

花がなくなった。

消えた。

世界のどこからも。

世界が全てをなかったことにした。

俺の中で、大切なものがひとつ失われた。

「……っ」

流れそうな何かを堪え、灰色の空を見上げる。

雪は降ることをやめない。でも涙は流さない。

きっと彼女は望まない。俺はやり切った。最後まであいつの望む俺でいられたんだから。

だから、きっと決意出来たんだろう。


「よし、行くか」

雪の静寂が全てを包む。決意は白く固められる。

時給３００円のアルバイト。最後の一日が再び動き出す。


さあ、いよいよ俺の物語にも終わりが近づいている。

長いようで短かった、世界を旅する不思議な日々が。

まだ午前中と呼べる時間帯。降りしきる雪の中、一旦自宅に戻った俺が見つけたのは、郵便受けに届いていた二通の封筒だった。そこには、死神としての最後の指示が書かれていた。

『日付が変わると同時に、退職手続きが完了します』

「はあ……そうですか」

一通目の紙に書かれていたのは、そんな文章だ。何とも味気ない文面に、思わず敬語がまろび出る。

だけど、変にねぎらわれてもと思い、すぐに記憶から消し去る。

どうせ用があるのは、もう一通の方なのだから。

『希望を提出せよ』

「んー。さて、どうするかな」

二通目に書かれていた文章を見ながら、そう呟く。そして考える。希望とやらの使い道について。

当初、俺は母さんに会いに行くためにこのバイトを始めた。

しかしその後、自暴自棄となったせいで金のことなんて忘れ、朝月のことを記憶し続けるためにバイトを続けた。今思えば、あの時が一番荒れていたと思う。

だけどその後、《死者》と触れ合うことで考え方が変わり、迷いぶつかり、それでも挑み。最終的には何だろうな。何のためというより、あるがまま、このバイトを続けていたように思う。だからいざ何を願うかと言われると、困ったなというのが本音だった。

「んんー、希望か。希望ねぇ」

といった具合に、最終日の残り時間は、ひたすら願い事を考える一日となった。

ぼやきながらとりあえず再び家を出て、あてもなく歩き、なんとなく乗った電車で遠出して。かといって思い出の地に行くでもなく、適当な駅で降りては適当に歩き。降ることをやめない雪に塗れながら、ひたすら考えたのだ。

（希望、希望、希望……）

けれど、何を思いつくはずもなく。

結局、時刻が午後四時を回る頃。

俺は、ひと気のない駅のホームにてぼやいていた。

「そうだよな。そろそろ行かないとな」

雪のせいで電車が止まっていると示す電光掲示板を見ながら、決意する。

きっとこれも何かのメッセージだろう。

雪の姿を借りて、誰かが俺に伝えに来たのだ。戻れと。こっちじゃないと。おまえの行くべき場所は向こうだろうと。そんなメッセージに深く頷く。

わかってる。答えはいつだって自分の中にある。

それが正しいと言い聞かせる時間を、考えると言っているのだ。うん。大丈夫だ。先へ進む勇気はもう受け取ったから。

まだ見ぬ街へと背を向けて、慣れ親しんだ町へ歩みを進める。

雪の中、最後の答え合わせをしに行った。


夜を目前とする空には、灰色の雲が変わらず蔓延《はびこ》っていた。

そこから落ちる白は、誰の記憶か、はたまた涙か。

雪の降りしきる中。俺は、彼に話しかけていた。

「やっぱりここにいたか、少年」

「…………」

笑いかける。夏に見たのと同じ道端で、虚ろに立ち尽くす少年に。

花森が《希望》を託した、名も知らぬ少年。

やっぱり答えは、ここにあったようだ。

「色々考えたんだけどな。俺も、キミのために《希望》を使うことにするよ」

「…………」

少年は応えない。古びたサッカーボールを抱えたまま、世界を呪い続けている。それが、俺の中にひとつの使命感をもたらした。

必ずこの子を救わなきゃいけないという使命感を。

「なぁ少年。聞いてくれよ」

俺は語る。

花森が希望を託した、ひとりぼっちの少年に。

「俺はずっと、自分の人生をやり直したかったんだ。輝く日々を失って、世界が急激に色あせて。そんな人生だったから、過去から決別したくてさ。それを願って、このバイトを始めたんだ。失った煌《きらめ》きを、なんとかこの手に取り戻したくて」

だけどな。

苦笑と共に、言葉を紡ぐ。

「だけどな、今は違う。今は、この人生をやり直そうなんて思わないんだ。どれだけ苦しくても、辛くても、この日々こそが俺の人生に違いないから。やり直すんじゃない。大事なのは受け止め、そのうえで前に進むことなんだ。みんなそうやって生きてきたんだ。だから俺も過去を抱えて前に進むよ。全てを忘れ去った世界でも、きっと強く生きていける自信があるから」

だから俺も自分のために願い事は使わない。あらためてそう決意する。

この日々を忘れないことよりも、きっとずっと大事なものがある。失ってしまっても、きっと前に進める。そう信じて託すんだ。この世界の片隅で、灰色の雪に埋もれてしまいそうな少年に。

空を見上げて思い出す。死神になってからの半年間を。

ある日突然、陽気な少女が俺の家を訪ねて来て。死神になろうなんて言い出して。

その後、朝月と久しぶりに話をして。でも、すぐに彼女とはお別れになって。

自暴自棄の中、黒崎さんと出会い、さらには愛に苦しむ広岡さんと出会って。

夕ちゃんと出会い、失って。雨野さんと出会い、和解して。他にもたくさんたくさん。

数えきれない記憶を激情と共に過ごして。

そして――。

「花森」

名前を呼ぶ。ずっと隣にいてくれた少女の名を。

たった半年だけの短い時間。だけど、その中でかけがえのない温もりをくれた少女。

どんなに凍えそうでも、どんなに泣きそうでも、いつだって彼女は太陽のように世界を照らしてくれた。その声は、今も俺の内側に残っている。

——ねぇねぇ佐倉くん。

——ちょっと佐倉くん。何やってるの。

——はぁもう。これだから佐倉くんは。

「……っ」

その時だ。その声を思い出してしまったことを後悔する。

しまった。

ずっと思い出さないようにしていたのに。

泣かないように。涙を見せずに済むように。ここまでずっと頑張っていたのに。しかしここにきて願いは決壊してしまった。

いやだ。失いたくない。

この半年間のことも、出会った人たちのことも、何もかもを失いたくない。

かけがえのない少女を、花森のことを、俺は絶対に忘れたくない。永遠にずっと、この胸に宿していたい。叶うなら、どんな形でもいいからもう一度花森に会いたい。止まった世界で語り合った最後の瞬間、俺は涙を流さなかった。でも、俺の頬は涙で濡れていた。その意味を、ずっと考えないようにしていたのに。

この世界は残酷だ。

これだけの思い出を全て奪ってゆくのだから。

生きろと、前へ進めと、俺の背を強く押す。

大切な記憶と引き換えに、何よりも大きな強さを授けて。

だから、俺は勇気を振り絞った。

あらゆる希望を、消えゆく命に託すと決めたから。

ポケットから書類とペンを取り出す。そこに、希望を書き記す。すばらしい最期は花森が約束してくれた。ならば俺は、そこに至るための灯となろう。どんなに雪が降りやまぬ夜でも、きっと迷わず進めるようにと願いをこめて。

『どうか、少年が迷いなく道を歩めますように』

「…………」

「おっと」

そして、それを書き終えた瞬間だ。俺は気づく。

目の前の少年が、まっすぐこちらを見つめていたことに。

その目はとても綺麗な緑色だった。もしかしてハーフなのだろうか。世界で一番鮮やかな宝石をはめ込んだような瞳を前に、涙を拭う。ああ、そうだ。まだ終わっていない。まだ彼女のことを話していない。そう思って。

「さて少年。俺のバイトはこれをもって終了だ。だけどまだ時間が残ってるんでな。せっかくなんで、俺の思い出話に付き合ってくれ」

人生の中で少しだけ不思議な時間を過ごしたことがある。

雪の降りしきる中。白く儚く失われた世界にて。

虚ろな彼に、俺はそう語りかけた。

「これは、俺が死神のアルバイトをしていた時のお話だ」

このアルバイトは最悪と言っていい。

残業代は出ない。

交通費も出ない。

早朝でも平気で呼び出される。

そのくせ、勤務内容は幽霊のような《死者》をあの世に送るという常識外れのもの。

何より時給が300円。

300円である。

呆れを通り越して笑いがこみあげてくるほどだ。

本当にろくでもない仕事だと自分でも思う。

「だけど、だ」

そう。

だけど。

「それでもキミにこの仕事を勧めたい」

墓標のように佇む彼に、俺は命を吹き込んでゆく。

このアルバイトは最悪だった。

でも、同時にかけがえのない何かを手にすることも出来たんだ。

俺の前から消えていった、たくさんの人々。

誰もがみな、煌《きらめ》く希望をくれたんだ。

「知っておいて欲しいんだ。この世界にすてきな人たちがいたことを」

「…………」

——その後。雪の中、俺は少年に全てを語った。

笑いながら。時には泣きながら。楽しい日々を思い起こして。

いずれ消えゆく物語。だけど、まだ透明になっていない確かな記憶。

思い出の本を、最後にもう一度だけ読み返すように少年へ授けた。

きっとこの物語が、誰かの心に受け継がれると。

そう信じて。

その日の夜。最後の夜。

バイト代を全てつぎ込んで買った腕時計を、親父の目につく場所に置いておく。そして布団の中に潜り込む。

いまだ降りやまぬ雪に希望を乗せるよう、カーテンの向こうに静かに呟く。

「花森。またな」

黒と白の世界にそう告げる。

さよならと言わなかったのはなぜだろうか。

その理由を、きっと俺は知っている。

「おやすみ、みんな」

夢の中。誰かが俺に笑いかけていた。おやすみと聞こえた気がした。

最後に見た夢には朝月がいた。夕ちゃんもいた。これまでに出会った人々が、笑っていた。

俺は走っていた。花森も隣にいた。花森がボールを蹴ってパスしてきた。俺は受け止めた。そのままどこまでもどこまでも走り続けた。

懐かしい、遠い日の記憶だった。

――三年後。

エピローグ

——また会えたね。

「……ん？」

その日も俺は、奇妙な目覚めを迎えていた。

何だろう。何か、すごく長い夢を見ていた不思議な気分。いつからだろうか。時々俺は、こんな感じで朝を迎えることがあったのだ。何かを思い出しそうな、それでいて何も思い出せないむず痒い感覚に襲われることが。

「まあ、いっか」

とはいえ考えたところで答えは出ないので、今日も特に気にすることなく、いつも通りに朝の支度をした。

顔を洗って服を着替えて、食パンをひときれ頬張り、郵便受けを漁る。

そこで気づく。

あれ？　何で今、郵便受けを漁ったのだろうと。

家に郵便が来るのは昼過ぎだ。ゆえに今見たところで意味はないのに。しかし時々、こうして朝の郵便受けを無意識に漁っていることがあった。まるで、かつてそこに毎朝何かが届いていたように。時々、こんなデジャブに陥ることがある。俺の知らない、不思議な記憶に導かれるように。

「んんー、まあ、いいか」

だけど、やっぱり考えたところでわかるわけもないので。再びそんなため息を吐いてはもやもやを吹き飛ばし、家を出ることにした。

玄関を開けたそこには、四月に相応しいさわやかな晴天が広がっていた。

遠く映る公園には桜の花びらが舞っており、陽気で朗らかな春の一日を感じさせてくれた。

「行ってきます」

新品の一日に飛び込むよう、そう言って外へと一歩踏み出す。

いってらっしゃいと。

部屋の奥から眠そうな声が聞こえた。


俺の生まれ育ったこの町は、寂れているかと言われればそんなことはないが、かといって栄えているのかと問われると、何とも返答に困る中都市であった。

そんな町をてくてく歩き、電車に乗って二駅ほど揺られ。着いた駅からまっすぐ歩き、そこに設立されている情報系の専門学校に足を踏み入れる。

ここに通い始めて一年になるだろうか。高校を卒業した後は、かつてない勢いで面接という面接を受けまくり、何とか採用にこぎつけたバイトに死ぬほど明け暮れていたのだが。しかし今はこうして若者らしい生活を手に入れている。こっそり支援してくれた親父に頭が下がる。

そんな思い出はさておき、授業が始まるまでの暇な時間。

俺は何とはなしに一浪同士で気が合い仲良くしている女友達に、今朝のデジャブについて話していた。無意識に郵便受けを漁る行為には、どんな意味があるのかと思って。すると、変にギーク志向なそいつは知識を総動員してこんなことを言ってきた。

「それはね、きっとデジャブに対するジャメブというものだよ」

「ジャメブ?」

何だそりゃと思い訊《たず》ねてみる。

返ってきたのは、こんな答えだ。

「未経験なのに経験済みに感じるのがデジャブ。経験済みなのに初体験に感じるのがジャメブ。キミが感じたそれは、ジャメブの親戚のようなものなんだよ。忘れているだけで、記憶のどこかでは覚えているからそう感じるわけさ。おわかりかな?」

「全然わからん」

正直に告げると、うむむと唸りながらそいつは考え込む。

うまく伝わらないことにもやもやしているようだ。

「つまり私が言いたいのは、キミは過去にその経験をしてるということさ。だけど、何らかの事情で忘れてしまっているんだ。ゆえに、今朝の行動がデジャブに感じたけれど、それは実のところジャメブの回路による――」

「はあ」

さらにわからん話になってきたので、軽快に喋るそいつを放置して考え込む。今の話の中にあった、過去に経験しているけど、何らかの事情で忘れているという点が気になったからだ。実際にそういうことはあるのだろうかと思ってしまう。

確かに彼女が言うように、実は俺にはあまり記憶が定かでない時期が存在するのだ。

親父がやらかして逮捕され、さらには朝月が事故で亡くなって。あれから半年ほど、俺は絶望の気分で毎日を過ごしていた。当時を思い出そうとしても、いまいち辻褄が合わないほどである。ゆえに、忘れているのだとしたらその時期かなと考えていた。

結果的に、いまいちきっかけは覚えていないが、堕落の日々をダメだと思った俺は自らの力で持ち直すことに成功している。百を超えるバイトの面接を受けたバイタリティも、その時に得たものだ。しかし、その持ち直す期間に多くのデジャブを体験したのも事実である。

例えば朝月の家に行き、朝月のお母さんから手帳を見せてもらった時も。

さらには真夜中に帰ってきた親父と腕時計の話をした時も。

他にも、高校三年生の時に出来た友達と、プールや自然公園に出かけた時も。とにかくあらゆるデジャブを感じることが多くあり、それらが何だろうか。関係ないかもしれないけど、なぜかその度に不思議な力がもらえるような気がして。その結果、バイトの面接を受けまくる気合いが備わっていたのだ。これはただの思い込みなのだろうか。どうもそこに、意味深なものを感じてしょうがなかった。

「というわけで、ジャメブの亜種論を推す私が考える可能性としては、キミはパラレルワールドのような世界を生きたのではという仮説があり――」

そんな俺を他所《よそ》に、隣に座る赤縁眼鏡がおしゃれな彼女は、べらべらと持論をまくし立てていた。あまりにもマシンガントークするせいで、他の生徒が気にし始めるレベルである。おいもうその辺でやめとけ。わかった、わかったから。

パラレルワールドなんてあるわけないと思いながらも、反論するとさらにうるさくなるので、適当に納得した様子で話を収める。

そして、それはさておきとばかりに話題を変える。

「それよりさ、こないだ紹介してくれるって言ってたバイトなんだけど」

「ん？　ああ、やっぱり掛け持ちで増やすことにしたの？」

「まあな。親父に迷惑かけたくないし」

「ふふふ。キミはヘタレな割に気を遣うタイプだよね」

「ヘタレ関係ねーだろ。いいからバイトの話だけど」

「うん。叔父さんの店を手伝う話だよね。何が知りたいの？」

「時給はいくらなんだ。まだ決めてないって言ってたろ」

「喜びたまえ佐倉くん。叔父さんは破格の時給を用意してくれたよ」

「マジか。いくら？」

「５００円」

「バカじゃねーのか」

「あはは！　そういうと思った」

「いや笑いごとじゃねーから」

「残念だけど、コキ使うことしか考えてないみたいだね。あきらめてちょうだい」

「くっそ、結構期待してたのに」

それだったら今のバイトを増やしてもらうよと思いながら、天を仰ぐ。

くそ、期待して損した。これでもうちょいマシな昼飯が食えると思っていたのに。

肩透かしに終わった俺は、本日何度目かのため息を吐いていた。

（……５００円か）

ただ、その一方で。ふとこの瞬間にも、再びとなるデジャブを感じていた。

500円。どう考えても時給としては安すぎる。だけど、何だろう。なぜかこの時、その金額が安すぎると思わない感覚も抱いていたのだ。あの時よりはマシという、奇妙な気分にさえ陥ってしまう。あの時なんて記憶が存在しないとわかっているのに。

「それより佐倉くん。私もうすぐ誕生日なんだけど、何くれるの？」

「何もやらんよ。金ないの知ってるだろ」

「ええー……そこは彼氏らしく奢《おご》って欲しかった」

「彼氏じゃねーから」

「佐倉くんてビアンカとフローラならフローラ選びそう」

「何だよ急に。何でだよ」

「人妻趣味でロリコンぽいから」

「答えになってないし、俺はそんな趣味でもない」

「人妻趣味じゃないの？」

「じゃない」

「ロリコンでもないの？」

「ない」

「巨乳好きでも？」

「ない」

「アフリカで一番面積の大きな国」

「アルジェリア」

「ちっ、引っかからなかったか」

「そのネタ教えたの俺だからな」

相変わらずマイペースな相方に嘆息する。何がしたいんだと思うしかない。

ただ、そんな会話にも俺はデジャブ？　いや、ジャメブ？　のような何かをまたも抱いていた。一体この感覚は何なんだろう。

窓から吹く春風に、そんな奇妙さが渦巻いていた。


といった感じで時は流れ、訪れる放課後。

学校を出た俺は、今日はバイトもないので家に帰るかと考えていたのだが。

ふと、この瞬間にも不思議な感覚に出会っていた。

「……まただ」

地元の、とある横断歩道に差し掛かった頃。本日何度目かとなるデジャブに襲われた俺は、さすがに考えこんでいた。何だ今日は。やけにこの感覚に包まれるなと思って。

灰色のビルの群れ。暗い傘の淀み切った渦。

雨の罵声。人のうねり。

そんな景色が、横断歩道と重なりフラッシュバックする。雨なんて降る気配もない、気持ちのいい昼下がりなのに。

何だろう。本気で何なんだろうなこの現象は。思わず横断歩道の前で立ち止まり、考え込んでしまうほどだ。その行動は、果たして偶然か必然か。

俺に、予期せぬ出会いが訪れる。

「こんにちは」

「え？」

それは突然。本当に突然としか言いようのない出会いだった。

ぼーっとしていた俺の隣に、いつの間に現れたのか。ひとりの女の子が、陽気な笑顔で挨拶してきたのだ。あまりにも突然だったので、あっけにとられてしまう。

「こんにちは、お元気ですか？」

「へ？　あ、えと」

そんな俺に、少女は考える暇を与えない。

戸惑う俺をからかうように、白いカーディガンを着た彼女は再度挨拶を投げかけてくるのだ。困惑する俺はこんなことしか言えなかった。

「ええっと、どこかでキミと会ったかな？」

「はい。以前に一度、あの時とは容姿が変わっていますが、この横断歩道でお会いしました」

「えーっと……」

やばい。思い出せない。冗談抜きで覚えていない。

待って待って。こんな女の子に心当たりあったっけな。本気で思い出せないんだけど。

ということはあれか？　これは詐欺なのか？　このまま話をしていたら幸せを運ぶ壺を二十万くらいで紹介されるのか？　黒服の男たちが囲む危ない密室で。

そんなイメージを想像してしまった俺は、これは危ないと思い、逃げようとする。

これ以上関わってはいけないと、そう思って。

（………）

だけど、この時。

なぜだろう。本当になぜなのか、自分でもわからないけれど。

俺はこの時、自然とこう喋っていたんだ。

どこか遠くの、知らない誰かが話すように。

その理由を、俺は知らない。

「俺は……なんだろう。何も覚えていないけれど、キミを、いや、キミたちを知っているような気がする。なんだろうなこの記憶は。いつかどこかで、キミたちと笑い合った気がする。そんな気がするんだ」

　そこまで言い終わり、はっとする。

　何だ。俺は今、一体何を言ったと。

　だいぶ頭のパーなことを言ったんじゃないかと思って。

「ふふふ」

　しかし、そんな俺に何を見たのか。目の前の少女は可憐な笑顔で笑いだすのだ。

　いつか見たような、知らないような、それこそデジャブとジャメブの狭間の笑顔で。

「おめでとうございます。あなたはどうやら辿り着けたようです」

「え？」

　そんな言葉に困惑する。一方で少女は語り続ける。

　いつしか世界が色と音を消していた。

　不思議な世界で少女は唄う。

「世界はいつだって同じ色。私が違う色に見えたなら、それはあなたが変わったんです。この世界には小さな奇跡がいくつもある。そんな優しさがあってもいいでしょう。あなたはきっともう大丈夫。誰もがあなたの幸せを祝福してくれるから」

「それって——え、あれ？」

　次の瞬間だ。少女は目の前から消えていた。

気づけば世界は音と色を取り戻し、これまで通りに動いていた。陽炎のような出会いに呆然とする。何だったんだろう、今の出会いは。

不思議で奇妙で、それでいて懐かしさをくれる心地よい出会い。

なぜだか俺は、ふっと笑みを湛《たた》えていた。俺の知らない、誰かの笑みを模って。

「小さな奇跡、か」

そして、何気なく少女の言葉を繰り返す。今日何度も感じたデジャブは、これからも何度も訪れるのではないか。そんな気がしていたからだ。どうやらこの世界には、随分と不思議な何かが散らばっているようだから。

道端に落ちてくしゃくしゃになった手紙。

小さな男の子が、空を飛ぶ燕《つばめ》を見て大きく手を広げるその姿。

舞い散る花びらの下、誰かがお花見をしている麗らかな景色。

少し古びたバッグを手に、女の子が楽しそうに笑っている煌《きら》めく希望。

そして。

——この世界には小さな奇跡がいくつもある。そんな優しさがあってもいいでしょう。

「ん？」

少女の言葉を思い出した次の瞬間。

存在しない、泡沫の記憶が瞼《まぶた》をよぎる。

奇跡が起きる。

これは一体、誰の記憶だろう。

「こんにちは。お久しぶりです」

「え」

再び。見ず知らずの少年が歩み寄り、話しかけてきたのだ。

久しぶりに出会う、その少年が。

「あなたのおかげで、ようやく自分の人生に意味を見出すことが出来ました。随分と長くかかりましたけど、やっとロスタイムを終えることが出来そうです。最後にお礼をと思い、ここに来ました。本当にありがとうございました」

「え――」

何の話だろう。中学校の制服を着た少年に、戸惑ってしまう。

予期せぬ再会となった、大きく成長した少年の声に耳を傾ける。

「あなたはきっと、僕のことを覚えていないでしょう。ですがそれでも、全てがなかったことになるわけではありません。この世を去る前に、それを伝えに来ました」

顔も知らない少年は、古びたサッカーボールを手にしている。

懐かしいそれに、雪の記憶を思い出す。

淡い緑色の目に、不思議な感情と懐かしさを抱く。

俺たちの願いが届いたことに、希望という奇跡を見る。

「あなたより教わった、透明の物語をお返しします」

名も知らぬ少年はそう紡ぐ。

俺と少女を繋ぐ少年はそう紡ぐ。

「もう思い出せないでしょうけど、かつてあなたには大切な人がいました。この物語は、僕がいなくなれば再び透明になってしまいます。ですが、今この瞬間だけでもあなたを幸せに出来る。それにより、僕はこの人生に大きな意味を見出すことが出来るんです」

大切な人。俺はそれを知っている気がする。

大切な人。片時だって忘れたことなんてない。

世界が繋ぐ小さな奇跡は、時空を超えて俺たちを出会わせる。

透明な本に書かれた物語が、再び俺の前に姿を現す。

「お話しします。かつてあなたが築いた物語――『時給三〇〇円の死神』を」

――また会えたね。

今朝の目覚めに聞いたデジャブが、ジャメブとなって訪れる。

透明になっていた物語が、再び世界に受け継がれる。

「僕を導いてくれたのは、ひとりの死神でした」

「ああ、そうだ。あいつが、俺たちを導いてくれたんだ」

もう思い出せないけど、大切な人が側にいた。

遠い世界から流れる涙が、何も知らない俺の瞳に希望を叫ぶ。

永遠に知らないと思っていた。二度と思い出せないと思っていた。

かけがえのない大切な人の記憶に涙する。

結局、この記憶もこの子が旅立ってしまえば再び忘れてしまう儚い記憶だ。

だけど、こうやって次の世界に繋げていけば、きっといつか、忘れた頃に小さな幸せとなって出会えるんだ。残酷な世界に一握りの優しさが溢れれば、きっと世界はすてきになる。俺は、かつての記憶を思い出していた。

俺たちは話した。俺たちを導いてくれた少女の話をした。

覚えていないけれど、かけがえのない少女について語り続けた。

どこからか彼女の笑い声がした。


幸せの花が、道端に一輪咲いていた。

◆この作品はフィクションです。
実在の人物、団体などには一切関係ありません。

双葉文庫

ふ-28-01

時給三〇〇円《じきゅうさんびゃくえん》の死神《しにがみ》

2017年12月17日　第1刷発行
2018年5月17日　第10刷発行

【著者】
藤まる《ふじまる》

【発行者】
稲垣潔
【発行所】
株式会社双葉社
〒162-8540 東京都新宿区東五軒町3番28号
[電話] 03-5261-4818(営業)　03-5261-4851(編集)
www.futabasha.co.jp
(双葉社の書籍・コミックが買えます)
【印刷所】
中央精版印刷株式会社
【製本所】
中央精版印刷株式会社

【表紙・扉絵】南伸坊
【フォーマット・デザイン】日下潤一
【フォーマットデジタル印字】恒和プロセス

ISBN978-4-575-52062-0 C0193
Printed in Japan

本日、職業選択の自由が奪われました

秦本幸弥
Yukiya Hatamoto

国家が国民の就職先を一元的に管理する近未来の日本。失業率は大きく改善したものの、国民は職業選択の自由を失った。そんなある日、山田康大は緊張した面持ちで卒業式に出席していた。これから、自身の就職先が決定するためだ。調理師の仕事を希望する康大。しかし、まさかのブラック企業の営業職に決まってしまい——。就活・転職が禁止された世の中で、ブラック企業から脱出できるのか!?　働く人ならみんな共感必至の人生応援ドラマ!

発行・株式会社　双葉社

FUTABA BUNKO

京都寺町三条のホームズ

Holmes at Kyoto Teramachisanjo

望月麻衣

Mai Mochizuki

京都の寺町三条商店街に、ポツリとたたずむ骨董品店『蔵』。女子高生の真城葵は、ひょんなことから、そこの店主の息子の家頭清貴と知り合い、アルバイトを始めることになる。清貴は物腰や柔らかいが恐ろしく感が鋭く、『寺町のホームズ』と呼ばれていた。葵は清貴とともに、様々な客から持ち込まれる奇妙な依頼を受けるが——。

発行・株式会社　双葉社